罗翔 —— 著

盘点鲜活案例
讨论刑法世界的价值基础与人文精神

刑法罗盘

The Spirit and Value of Criminal Law

做法治之光

罗翔

中国法制出版社
CHINA LEGAL PUBLISHING HOUSE

代序：做法治的笨牛

在我所任教的学校有一座拓荒牛的雕像，学生们最常说的一句话就是"牛前见"。

每次看到这尊雕像，我就想起了历史上一位与牛有关的伟大哲人，他也与法律有着密切的关系。

这位哲人叫作托马斯·阿奎那（1225~1274年），经院主义哲学的代表人物。他有着葡萄酒桶般笨重的身材，步履缓慢，因此被比作一头牛。阿奎那上学时非常沉默，极少说话，有时会目无表情地发呆，神情恍惚。因此在外人看来他明显蠢笨，所以有"笨牛"的绰号。其实在智力方面，他一点都不笨。相反，他思维清晰，头脑敏捷。他说过他曾对一件事情极为感恩，那就是他理解了他所读过的每一页书。试问，有几个学者能够诚实地说出这种话语。

但是阿奎那在很多方面确实"蠢笨如牛"，死脑筋，不懂变通。

阿奎那出身望族，他的堂兄曾是神圣罗马帝国的皇帝。阿奎那在家排行老七，父亲兰德尔夫伯爵对这个寡言少语的木讷儿子期望不高，觉得他除了当个修士，不会有太大的成就。父亲将阿奎那送往一个有名的修道院，希望他能够成为修道院的院长，好与其家族地位相匹配。

但是有一天，年轻的阿奎那跑进父亲的城堡，平静地对父亲说，他决定做一名乞讨的托钵修士，成为新成立的多明我会中的一员，誓愿追求贫穷和简单的生活。父亲大动肝火，这也难怪，阿奎那的这个决定即便在当时看来，也是令人难以置信甚至骇人听闻。他坚持要做托钵修士，不愿做普通的修士，不愿成为一名重要或杰出的修士，更不愿成为修道院的院长，他放弃了所有的雄心壮志，只愿成为层次最低的托钵修士。

当阿奎那和他的乞讨同行们前往巴黎时，路上却遭遇绑匪劫持。有谁会劫持一个以乞讨为生的修士呢？绑匪是他的两个哥哥，他们把阿奎那的修士袍撕成碎片，不容分辩地把阿奎那囚禁在城堡的高塔中。哥哥们无法理解弟弟的行为，认为他誓愿绝对贫穷是对家族荣耀和自身阶层的背叛。事实上，阿奎那的"离经叛道"之举严重伤害了整个家族的骄傲。

阿奎那平静地接受了被囚禁的事实，历史记载他在绝大多数的时候像一尊石像一样被抬来抬去。在被囚期间，只有一次他表达了自己的强烈愤怒。这似乎是他这一生第一次也是最后一次发怒。他的兄弟将一位妖娆的妓女带进他的房间,想用肉体的欲望让弟弟屈服,或者至少制造一些绯闻。用当时甚至今天的道德标准来看,兄弟们的行为是卑鄙下作的,难怪阿奎那会认为这是对自己的极大侮辱。哥哥当然也知道这样做是对弟弟的侮辱,因为他们觉得弟弟会因为肉欲而放弃自己所起的誓言。据说,当时身体笨拙的阿奎那从椅子上一跳而起,抄起火红的一块烙铁,像剑一样地挥舞起来。妓女尖叫着跑开了,认为自己见到一头疯牛。阿奎那把妓女赶出了房间,关上房门,按照当时特有的习俗,他用烧红的烙铁在门上烫出了一个黑色的大十字架,然后重新坐到书桌前。

阿奎那所许下的三个誓愿——贫穷、独身与顺从,让他把低级的身体欲望所产生的能量,转化成高级的思想目标,在他看来,思考比喝酒更让人沉醉。正如切斯特顿在阿奎那的传记中描述的那样,"在他思想的熔炉中,欲望几乎退去"。[①]

阿奎那从不蔑视身体的欲望,他对于物质生活也持积极肯定的态度。他甚至认为人的生活需要幽默,甚至需要一些恶作剧。如果说禁欲主义有悲观和乐观的区分,阿奎那显然属于后者。悲观主义的禁欲主义者因为对生活的憎恨而把自己折磨致死,其用意不是控制自然,而是尽可能地与自然作

[①] [英]切斯特顿:《方济各传 阿奎那传》,王雪迎译,生活·读书·新知三联书店2016年版,第140页。

对。但是，乐观主义的禁欲主义从不放弃生活，但却因为某种更崇高的乐趣而能轻看今生。因为"今生活着的唯一的目的就是超越今生"。阿奎那是一位当之无愧的"圣徒"。切斯特顿说，"圣徒"跟普通人不一样的地方在于他愿意做一个普通人。"圣徒"早就超越了出人头地的愿望，正是这种不愿意出人头地的心态使他们卓尔不群。

六百年后的约翰·穆勒认为快乐有质和量的区别，越是体现人尊严的快乐越是能给人带来最大的快乐，我想其一定是从阿奎那的作品中汲取了灵感。阿奎那用对永恒的超验追求平息了斯多葛学派（德性主义）和伊壁鸠鲁学派（功利主义）的争论，也让后世的道德主义（如康德）和功利主义（如穆勒）可以走向合一——因着对永恒的盼望，人有力量坚守道德，因为这体现着人的尊严，也能给人带来最大的快乐。

所以C.S.路易斯说，世人的欲望经常不是太强，而是太弱了，我们是三心二意的受造物，当无限的快乐摆在我们面前，我们却在酒色名利中胡闹鬼混。我们就像无知的小孩，当有人为他提供了去海边度假的机会时，他却仍然想要不停地在贫民窟中玩泥巴，因为他无法想象在海边游玩意味着什么，我们太容易满足。

人们经常批判功利主义的结果导向，但是结果导向并不一定是错误的。C.S.路易斯说，有两种不同的结果导向：第

代序：做法治的笨牛

一种是结果与事物之间没有自然的联系，它与该事物本应伴随的渴慕感无关。例如金钱与爱情，金钱并非爱情的自然结果，男人娶妻若只为对方的钱财，则是不道德的结果导向。第二种则是结果与事物之间存在自然的联系，如婚姻就是真爱自然而然的结果，如果坠入爱河的男女双方渴望结婚，这种结果导向当然是合理的。自然的结果并不仅仅是某种行为的添加物，行为走向完美本身就是自然的结果。

因此，根据行为本身的属性去追求行为自然的结果既是道德的也是功利的，可谓道德的功利主义。如果法治是我们的志业，那么我们应该根据法治的属性来追求它自然的结果，而不能以法治之名追求其他的结果。从诞生之日，法治就是为了约束权力，法律人的使命不是为了权力的垂青，不是为了群众的掌声，更不是为了一己的虚荣。

阿奎那恢复了自然法的光彩，在他看来自然法有其独立的地位，因为自然法是人类理智尽善尽美的结晶，它无限地接近永恒的神圣之法。人定法必须与自然法相一致，如果法律失去了公正，就不再是法律。凡违背自然法的法律皆非法律，而对于"恶法"人民没有服从的义务。阿奎那用法律来尊重权威，但也用法律来保障权威不至沦为专制。法律并非权力任意操控的工具，它要追求永恒的公义，绝不能唯权力马首是瞻。

阿奎那是一位前现代的哲人，但他也是一位现代性的思想家。切斯特顿说，所有向往良善之人都应该受到阿奎那的吸引，因为他的视野既是自由的，又是人文的。前者指向人的思想固有的自由，后者则强调人的身体固有的尊严。如果忽视这两点，灾难就不可避免。20世纪无数次战争与劫难一而再再而三地证明了这个论断。

阿奎那所加入的修会是多明我会（拉丁名Ordo Dominicanorum，又译为道明会），成立于1215年，在当时是一个非常"小众"的修会。会士均披黑色斗篷，因此称为"黑衣修士"。多明我会擅长心灵的慈善，比如向无知的人传授知识。有这样一个故事，据说当教宗指着金碧辉煌的教廷不无得意地说："彼得再也不能说'金银我都没有了'。"多明我却直截了当地回答说："是啊，但现在他也不能对瘸子说'起来行走了'。"① 这个故事告诉我们，总有一些心灵的追求可以超越世俗权力的一切辉煌。

同样是1215年，英王约翰横征暴敛、穷兵黩武，侵夺贵

---

① "有一个人，生来是瘸腿的，天天被人抬来，放在殿的一个门口，那门名叫美门，要求进殿的人周济。他看见彼得、约翰将要进殿，就求他们周济。彼得、约翰定睛看他。彼得说：'你看我们。'那人就留意看他们，指望得着什么。彼得说：'金银我都没有，只把我所有的给你。我奉拿撒勒人耶稣基督的名，叫你起来行走。'于是拉着他的右手扶他起来。他的脚和踝子骨立刻健壮了"。参见《使徒行传》3：2—7。

族权利，贵族联合起来反抗。当贵族联军兵临城下，约翰王内外交困，被逼无奈，签署《大宪章》，宪章所体现的"王权有限""法律至上"和保护公民权利的精神影响至今。

而在古老的神州，1215年，金朝中都北京被蒙古铁骑攻破。此年忽必烈诞生，偏安一隅的南宋王朝覆灭在即，中国历史迎来新一轮的治乱循环。皇权至高至上的理念从未受到挑战，它还将在相当长的时间以相似方式继续延续。

当下中国，法律人千千万万，精致的聪明人很多，研习法律大多只是以法律作为谋生发达的工具，而忘记了法治的限权本质。我也时常想让自己加入聪明者的阵营。但是，每当我看到学校中心的那尊拓荒牛的雕像，我就想起了不懂变通的"笨牛"阿奎那。

他的话语始终在我心中萦绕：

我们今生活着的唯一的目的就是超越今生。

目录 Contents

入罪之前

使用"软暴力"就一定是黑社会吗？ / 003

当"药神"触犯法益时 / 009

谈谈"生产、销售假药罪"的门槛 / 019

请注意《刑法》第一百四十九条 / 026

走私普通货物、物品罪也应适用"初犯免责"条款 / 030

现在，连气瓶也是枪了？ / 037

警惕机械司法
——评魔术道具涉嫌伪币案 / 045

如何处理乘客与驾驶员互殴引发的惨案？ / 053

"不等于不"	"不等于不"
	——泰森为什么被判强奸 / 065
	先强奸后恋爱，算强奸吗？/ 073
	聚众淫乱罪是不是管得太宽了？/ 078
	房思琪的失乐园
	——滥用信任地位与诱奸 / 088
	走出盲山
	——关于提高收买妇女儿童罪法定刑的建议 / 093
	传播艾滋病算不算故意杀人？/ 099
	怎样区分强奸罪与猥亵儿童罪？/ 105
"寻衅滋事"	流氓罪为何消而不亡 / 113
	寻衅滋事罪应当废除 / 126
	再论寻衅滋事罪的废止 / 136
	为什么网络发帖不宜以寻衅滋事论处？/ 141

目 录

罗生门之判

警察与律师
——罗生门之判 / 151

对警权的滥用应当保持零容忍 / 160

一个义人的结局
——陈年旧案与追诉时效 / 165

是孩童还是罪犯？
——关于刑事责任年龄的道路选择 / 170

网络文学与市场秩序
——非法经营罪在惩罚什么？ / 180

中国人域外犯罪，中国法律管不管？ / 186

"996"、盲井与劳动光荣 / 192

如何理解妨害公务罪中的暴力与威胁？ / 198

极端案件与规则意识 / 204

非法放贷司法意见
——空白罪状要怎么填？ / 207

律师、谎言和"套路贷" / 216

从谣言中发现得失成败 / 223

你的权利　　主张权利，你怕了吗？/ 229

你知道你的权利吗？/ 236

耒阳故事
　　——城市扩张与义务教育 / 240

为何维权沦为敲诈勒索 / 249

"小三"有权利索赔吗？/ 259

威胁作证与律师伪证 / 266

谁怕律师？/ 274

"宝马哥案"为什么适用特殊防卫原则 / 281

刑讯逼供的追诉时效 / 289

如何排除刑讯逼供的隐患？/ 295

代后记：清明忆祖 / 302

入罪之前

使用"软暴力"就一定是黑社会吗？

2019年4月9日，最高人民法院、最高人民检察院、公安部、司法部《关于办理实施"软暴力"的刑事案件若干问题的意见》（以下简称《"软暴力"意见》）开始施行，其对于"软暴力"进行了明确的定义，这无疑是非常必要的。

根据《"软暴力"意见》，"软暴力"是指行为人为谋取不法利益或形成非法影响，对他人或者在有关场所进行滋扰、纠缠、哄闹、聚众造势等，足以使他人产生恐惧、恐慌进而形成心理强制，或者足以影响、限制人身自由、危及人身财产安全，影响正常生活、工作、生产、经营的违法犯罪手段。

"软暴力"可能涉嫌强迫交易、寻衅滋事、敲诈勒索等诸多犯罪，对于这些犯罪行为，如果符合《刑法》规定，自然应当定罪处罚。但是，"软暴力"只是司法解释所提出的一个概念，它并非刑法上的法律概念。而司法解释只能对《刑法》规定进行说明，不能创造新的法律规范。因此，"软暴力"构成何罪，依然要取决于《刑法》本身的规定。不能先给行为人套上一顶"软暴力"的帽子，然后因为这顶帽子就随意契合某种犯罪的构成要件。

比如，《"软暴力"意见》认为："软暴力"手段属于《刑法》第二百九十四条第五款第三项"黑社会性质组织行为特征"以及"恶势力"概念中的"其他手段"。不过在认定"软暴力"是否是黑社会性质组织中的"其他手段"时，仍然要根据《刑法》规定来进行甄别。

《刑法》关于黑社会性质组织行为规定的特征包括，"以暴力、威胁或者其他手段，有组织地多次进行违法犯罪活动，为非作恶，欺压、残害群众"。这里的"其他手段"作为一种兜底条款，必须和暴力、威胁具有等价值性。换言之，"软暴力"必须以暴力作为后盾，一种没有暴力后盾的"软暴力"无论如何也不是暴力，否则就是对词语的歪曲和玩弄。

这就是为什么最高人民法院、最高人民检察院、公安部、司法部《关于办理黑恶势力犯罪案件若干问题的指导意见》特别指出，黑社会性质组织实施的违法犯罪活动包括非暴力性的违法犯罪活动，但暴力或以暴力相威胁始终是黑社会性质组织实施违法犯罪活动的基本手段，并随时可能付诸实施。

当前，一个突出的问题是，通过"软暴力"方法限制人身自由索取债务经常以非法拘禁罪追究刑事责任,而因行为人构成非法拘禁罪,其组织就又被定性为恶势力组织。

最高人民法院、最高人民检察院、公安部、司法部《关于办理恶势力刑事案件若干问题的意见》规定,恶势力必须要在一定区域或者行业内多次实施违法犯罪活动。"多次实施违法犯罪活动"至少应包括一次犯罪活动。因此,如何准确认定"软暴力"和非法拘禁罪的关系,就成为当前扫黑除恶专项斗争工作中一个突出的问题。

《刑法》第二百三十八条规定了非法拘禁罪,它是指非法拘禁他人或者以其他方法非法剥夺他人人身自由的行为。

根据这个条文,非法拘禁罪有三个最基本的特征,非法性、剥夺性、持续性。

首先是**非法性**,通过合法方法剥夺他人人身自由不构成犯罪,比如警察依法执行公务而拘留他人。但如果没有法律依据,非法逮捕、拘留自然构成犯罪。

其次是**剥夺性**,非法拘禁必须剥夺人身自由,而非限制人身自由。《刑法》对于剥夺和限制人身自由有明确的区分,比如《刑法》第二百四十四条强迫劳动罪就使用了限制人身自由的表述(以暴力、威胁或者限制人身自由的方法强迫他人劳动的……)。

剥夺人身自由既包括直接剥夺,也包括间接剥夺。前者如捆绑他人，后者如将他人关在房间中。但无论如何，都必须拘束他人的人身自由。如果他人的人身自由只是受到限制，并未完全拘束，自然不构成非法拘禁罪。比如贴身型讨债，债务人走到哪儿就被跟到哪儿——虽然可以去想去的任何地方，但行为人像苍蝇一样跟着。这种限制人身自由的方法就不具备剥夺性。

对于人身自由剥夺的形式可以是有形剥夺，也可以是无形剥夺，比如在妇女洗澡时将其衣服拿走，又如在他人家门口放置毒蛇猛兽。对这种无形剥夺的判断必须根据被害人所属的一般人的标准来衡量其活动自由是否完全受限。如某人戏弄智障人士，在其站立部位画了一个圈，告知被害人不能走出该圈，否则就会被雷电劈死。智障人士信以为真，足足站立一天之久。从智障人士所属的群体出发，他不敢走出圈合情合理，所以也可以理解为无形剥夺。又如采取威胁方法，让人不敢出门，担心出门会被殴打，这自然也能认定为非法拘禁。但如果仅仅是采取贴身跟随的方式，是无法被认定为剥夺人身自由的。

最后是**持续性**，非法拘禁罪是一种继续犯，必须要持续一定的时间。《"软暴力"意见》指出：有组织地多次短时间非法拘禁他人的，应当认定为《刑法》第二百三十八条规定的"以其他方法非法剥夺他人人身自由"。非法拘禁他人三次以上、每次持续时间在四小时以上,或者非法拘禁他人累计时间在十二小时以上的,应当以非法拘禁罪定罪处罚。然而,2006年《最高人民检察院关于渎职侵权犯罪案件立案标准的规定》认为,国家机关工作人员利用职权非法拘禁,符合非法剥夺他人人身自由二十四小时以上或非法拘禁3人次以上等情况的才应予立案。

两个司法解释的矛盾之处在于,对于国家机关工作人员,非法拘禁罪的立案标准仿佛更高,而针对普通民众,入罪门槛则显得更低。

刑法中一个基本解释技巧是"当然解释",入罪时举轻以明重,出罪时举重以明轻。既然国家机关工作人员未达二十四小时的非法拘禁可以出罪,那么普通民众非法拘禁他人未达二十四小时更应该出罪。

因此,对于《"软暴力"意见》的规定,笔者的理解是,这里所说的"十二小时"必须限定为"有组织地多次短时间非法拘禁他人的",只有当这种非法拘禁属于组织行为,才能适用"十二小时"这个标准。

法律的重要功能在于维护社会秩序,因此打击黑恶势力犯罪是完全必要的,对于符合《刑法》规定的软暴力也应当予以打击。但是,秩序的维护者如果不受到法律的约束,也可能异化为新的破坏秩序的力量。司法裁判需要坚持法律效果和社会效果的统一，不能为了短期的社会效果而违背法律规定。因此《刑法》始终要坚守"罪刑法定"原则，在惩罚犯罪和保障人权这两个价值中取得平衡。无论如何也不能为了政策目标而突破《刑法》的必要限制。

托克维尔警告我们，民主制度的一个悖论就是多数的暴政。对抗这种民主弊病最有效的武器就是法律界。

"法学家秘而不宣地用他们的贵族习性去对抗民主的本能，用他们对古老事物的崇敬去对抗民主对新鲜事物的热爱，用他们的谨慎观点去对抗民主的好大喜功，用他们对规范的爱好去对抗民主对制度的轻视，用他们处事沉着的习惯去对抗民主的急躁。"[1]

这句话值得法律人深思。

"千里之堤，毁于蚁穴"，罪刑法定原则的一个小小漏洞可能造成法治大坝坍塌的灾难性后果。

---

[1] ［法］托克维尔：《论美国的民主（上）》，董果良译，商务印书馆1997年版，第309页。

当"药神"触犯法益时

2018年,影片《我不是药神》火了,现实主义题材的电影总能激起人们的共鸣与思考。

艺术来源于生活,但会滤掉一些残酷。

按照法律技术主义的思维,对于如影片中的违法携带境外药品入境行为认定为犯罪,没有丝毫问题。我国《刑法》不仅有走私普通货物、物品罪,还有作为兜底的走私国家禁止进出口的货物、物品罪,法网严密,疏而不漏。

值得警惕的是,主流的刑法理论似乎也为类似案件提供了强大的理论支持。这种理论就是深受实证主义法学影响的法益理论。这种学说认为:侵犯法益是犯罪的本质,如果行为没有侵犯法益,那就不是犯罪。

然而,什么是**法益**呢?法益论者认为,法益就是法律所保护的生活利益,这种生活利益包括个人的生命、身体、自由、名誉、财产等利益,以及建立在个人利益基础之上因而可以还原为个人利益的国家利益和社会利益。

但为什么法律要保护这些生活利益呢?理由是因为这些

生活利益很重要。

哪些生活利益很重要呢？答案是那些法律所选择保护的。

这是一种典型的循环论证。

它的潜台词可能是：既然是法律规定的，何必像小孩子一样打破砂锅问到底，法律不是嘲笑的对象。

然而，如果不在法益理论中引入伦理道德的思考，这种理论很容易将刑法沦为纯粹的工具。法益概念本是功利主义哲学的产物，奉行最大多数的最大福利。法益论者认为，超个人的法益如社会利益、国家利益只要能够满足最大多数的最大福利，就有保护的必要。但是，最大多数的最大福利让少数人的权利几乎没有容身之处。在这个社会中，需要去境外买药的人毕竟还是少数。

另外，何谓"最大多数""最大福利"，这种无比抽象的概念在现实中可能会成为少数人谋取私利的托词，"最大多数"可能为少数人所代表。

因此，不难想象为什么法益论者那么容易倒向国家权威主义，为实然法提供全面的辩护。法益学说的开创者德国刑法学家宾丁就认为毁灭没有生存价值的人的生命是合法的，这种法益理论也就不可避免成为纳粹德国屠杀精神病人和犹太人的学术帮凶。正如有学者所批评的，"在保护法益的外表下，其实包藏着以国家之价值观压抑社会价值观之事实，强调刑法应保护法益而不过问社会伦理，反而造成国家价值凌驾社会伦理之吊诡。"①

法益概念必须受到道德规范的纠偏，才能避免刑法沦为纯粹的国家工具。人性的不完美决定了人所组成的任何机构、社会、国家都存在不完美的可能。因此，实然法并非尽善尽美，它至少应当接受在一定历史时期为人们所普遍遵循的道德规范的检视。如果一种所谓的法益概念缺乏道德规范的支撑，甚至明显违背道德规范，那这种法益就是不恰当的。

法益论者会反驳说：现代社会价值多元，刑法不应将民众束缚于一定的伦理秩序内，否则就是在用法的名义推广自己的价值观。

然而，多元社会就没有必须坚守的价值吗？是道德规范，还是法益理论更容易以法的名义强行推广自己的价值观？

现代社会的确是一个价值多元的时代，但任何时代都有一些必须坚守的基本价值。一如英国剧作家切斯特顿所说：一个开放的社会和一张开着的嘴巴一样，它在合上的时候要咬住某种扎扎实实的东西。难道我们可以说，"不得随意杀人""不得随意强暴"等价值立场也可动摇吗？难怪有人说，如果没有绝对的对与错，那么食人也只是一种口味问题。

---

① 余振华：《刑法违法性理论》，元照出版公司2001年版，第37页。

人们很容易把价值观与偏见等同起来,但两者有云泥之别。每个人都有自己的前见,这种前见其实就是一种价值观,有价值观并不可耻,可耻的是不愿意倾听他人的观点,也拒绝通过他人的观点来修正自己的价值观。

偏见的人无法容忍也不愿意倾听他人的观点,那些以为没有什么是绝对的对,也没有什么是绝对的错的人不也持有一种绝对的价值观(即无绝对对错的绝对价值观)吗?只是持有这种价值观的人通常都自以为优越,无法容忍质疑,以至沦为偏见。

其实,法益理论更容易假借最大多数人的最大幸福推行自己的价值观,成为权力的工具。在法益论者看来,所有的案件,都应该根据立法者在法律中所规定的利益进行"客观的"分析权衡。但是,如果离开道德规范的指导,立法者的这种决定有什么正当性可言?国家并非尽善尽美,立法者也不是全然无错。

如果说坚持一种为社会公众所普遍遵循的道德规范是强行推广价值观,那法益论者所说的撇开道德规范,倡导一种与道德规范无关的价值立场,这种法律不更是在强迫人们接受一种价值观吗?

因此,无论是刑事立法、司法还是行刑活动,具体的执行者都必须服从朴素的道德规范。当然,人的局限性决定他的判断必然是有不足的，但是对于任何一种个案，司法官员都必须按照平素所培养起来的良知，根据一定社会所普遍遵循的道德规范来解决所担当的事件。

人们很容易在自己所坚守的立场上附着不着边际的价值，但我们必须警惕人类的理性是有限的，人类所搭建的任何理论高塔都可能是随时倾覆的巴别塔。以赛亚·伯林将思想家分为刺猬与狐狸两种，刺猬之道，一以贯之，是为一元主义，而狐狸则圆滑狡诈，可谓是多元主义。一元主义，黑白分明，立场鲜明，试图以一个理论一个体系囊括世间万象。不幸的是，这种立场曾经给人类带来无数的浩劫。

一元化的思维很容易满足人类的智性追求，但生活并不是书斋中的智力游戏，它必须体察民众的疾苦哀乐。

这就是为什么有越来越多的刑法学者开始走出一元化理论的桎梏，尝试接受并不完美的二元化思维。他们并不完全否定法益概念，只是反对忽视道德规则的法益观。在二元论看来，法益概念离不开道德规范。

首先，伦理道德为法益权衡提供指引。

法益理论认为，当保全利益优越于侵害法益之时，行为整体上就是正当的。然而，如何进行利益权衡，如果不根据伦理道德，法益论往往无法得出答案。

刑法罗盘

刺猬与狐狸

在著名的米丽雷特号事件①中，为了三人的生命牺牲一人能否成立紧急避险？如果不考虑伦理，仅从价值量化的比较上看，收益大于成本，当然成立紧急避险。还有人甚至认为，此案是 -1 大于 -4，如果不牺牲一个人的话，死的不是三人，而是全部四人。

法益论者也许会说，任何人的生命都是无价的，因此此案是无价与无价的对比，不存在优越利益，但为什么生命无价？这不正是尊重生命这种最基本的道德规范的体现吗？脱离这种道德规范的指引，人当然可以量化比较。

因此，问题的关键绝非生命法益的比较，而是必须践行尊重生命的道德规范。如果你是那个被牺牲者，你是否愿意葬身他人腹中呢？"你希望别人怎么对你，你也要怎么对待别人"，这是普适的道德金律。人不能成为实现他人目的的

---

① 1884 年一艘名叫米丽雷特号的轮船在暴风雨中沉没，四名船员，包括船长杜德利，大副史迪芬斯，船员布鲁克斯，杂役帕克，被迫逃到救生艇上。而此时的帕克由于不听劝告喝了海水，奄奄一息。四人在吃掉了救生艇上所有的食物后，已经有八天没有进食了。在漂泊 19 天后，杜德利船长，建议抽签，谁抽到，谁就会被杀，以拯救剩下的人。船员布鲁克斯则保持沉默。后来，船长杜德利决定将已经气若悬丝的帕克杀死，大副史迪芬斯表示同意，于是杜德利将帕克杀死，没有丝毫反抗能力的帕克只能发出微弱的反抗声："为什么是我"，三人靠帕克的血和肉存活下来，杜德利和布鲁克斯消耗了大部分人肉，史迪芬斯吃得很少。最后，在漂泊的第二十天，一艘德国轮船从旁边经过，三人获救。回到英国后，船长杜德利和大副史迪芬斯以谋杀罪被判有罪。

纯粹工具，无论为了保障何种社会利益，无辜个体的生命都不能被剥夺。

其次，伦理道德为法益的放弃划定边界。

法益理论认为仅就个人法益而言，其分别归属于各个个人，因而在法益主体并不要求保护自己的法益时，刑法没有必要介入，这即所谓"被害人的同意"。然而，何种法益的放弃是法律尊重的，法益论者无力说明。

大部分学者认为对生命权不能随意处分，重大的身体健康权由于可能具有导致生命的危险，也不得处分。为什么生命权不能处分呢？法益论者的回应是生命权具有社会属性，是具有公共利益属性的个人利益，同意者无权处分社会利益。然而，又有什么样的个人利益是没有社会属性的呢？为什么有些个人利益可以处分，有些个人利益却无法处分呢？法益论者可能会说，重要的个人利益不得处分，不重要的个人利益可以处分。重要与否的界限何在？这只能从道德规范的角度得到说明。只有当前道德规范所允许的放弃利益行为才能被接受。

在任何时代，法律都应将一些基本的核心价值（如尊重生命）牢牢刻在每个人的心中，不允许存在任何的例外。

最后，道德规范决定了法益的内涵。

法益是法律所保护的利益。然而，利益本身就是人为的模糊概念，它的内涵取决于道德规范，法益只是道德规范的表象。

无论是个人法益，还是超个人的法益，它都是道德规范的折射，如果一种法益的背后没有可以依托的道德规范，这种法益就不值得刑法保护。刑法之所以要保护生命权、身体健康权、财产权等各种个体法益，是因为这是道德规范的命令，是"你希望别人怎么对你，你也要怎么对待别人"的这种道德金律的必然结论。

这种二元论的通俗表达就是：

法益可以作为入罪的基础，但是伦理可以作为出罪的依据。

伦理道德限定了法益的惩罚范围。一种侵犯法益的行为并不一定是犯罪，但是一种伦理所容忍甚至鼓励的行为一定不是犯罪。

二元论的观点当然有法律的依据，《刑法》第十三条对犯罪进行了定义，但同时规定了但书条款——"但是情节显著轻微危害不大的，不认为是犯罪。"

然而，司法机关很少直接运用这个但书条款作出无罪判决，更多地是需要等待最高司法机关所出台的司法解释。比如当不断涌现的销售海外代购药品的案件进入司法机关，2014年11月，终于出台了《最高人民法院、最高人民检察院关于办理危害药品安全刑事案件适用法律若干问题的解释》，该解释规定："销售少量根据民间传统配方私自加工的药品，或者销售少量未经批准进口的国外、境外药品，没有造成他人伤害后果或者延误诊治，情节显著轻微危害不大的，不认为是犯罪。"可以想象，这个司法解释的背后是多少个体的悲情无奈。

对没有出具司法解释的案件，能否进行类似的处理呢？最高司法机关至今还没有出具走私罪的类似免责条款。作为法官，你是否有勇气在个案中根据具体情节直接作出无罪的决定呢？离开了道德规范所赋予的勇气与使命，有谁能够拥有强大的内心呢？

法律人不是法律机器人，我们需要有人的感觉，人的温度，也要接受人的局限。如果法律人无法从道德规范中去探究法条乃至法益的内涵，法律可能成为对民众苛刻的命令，司法则会沦为法律冰冷的机器，冷血也就会成为法律人的代名词。

谈谈"生产、销售假药罪"的门槛

2019年年初又出了一起"假药"事件。事发山东省聊城市，肿瘤医院陈医生因向患者推荐"假药"而接受调查。

据报道，癌症晚期患者王某住院期间，在主治医生陈某某的推荐下，通过第三方途径购买了一款名为"卡博替尼"的抗癌药。服药后，王某出现呕吐、厌食等反应，其家属将买来的药送食药监部门鉴定，结果显示为"假药"。

陈医生承认曾推荐"卡博替尼"，但认为法律上的"假药"在医学上未必假，其推荐只是为了延长患者的生命，并未从中牟利。

"卡博替尼"系美国Exelixis公司研制的抗癌药，被认为对治疗多种癌症广泛有效，因而也成为许多癌症患者的福音。不过，由于国内一直没有引进，患者只能出国或通过代购的方式购买。记者调查发现，网上有多个版本的"卡博替尼"（其中仿制药价格相对低廉）的代购途径，王某购买的系印度产的"卢修斯",每盒13800元。①

是非曲直,众说纷纭。有人将此事比作现实版的《我不是药神》,有人将王某的家属斥为"农夫与蛇"里的蛇,还有律师公开表示:生产、销售假药罪不设门槛,都应当追究刑事责任。

笔者无意对涉事人等的动机进行评价,但必须指出,上述律师的观点是错误的。

根据2019年修订前的《药品管理法》第四十八条的规定,"依照本法必须批准而未经批准生产、进口,或者依照本法必须检验而未经检验即销售的"以假药论处。"卡博替尼"在中国大陆没有上市,所以的确属于法律意义上的"假药",聊城市食品药品监督管理局出具的认定意见书也援引了上述法律规定,将涉案药品认定为假药。

将未经批准的进口药品视为假药来源于2001年《药品管理法》的修正,1984年的《药品管理法》并无类似规定。

我国《刑法》第一百四十一条规定了生产、销售假药罪,其基本刑是三年以下有期徒刑或者拘役,并处罚金,最高可处死刑并没收财产。而刑法关于假药的定义则依照《药

---

① 《山东通报"聊城抗癌假药"案:医生未牟私利 不构成犯罪终止侦查》,载腾讯网,https://news.qq.com/a/20190324/001923.htm,最后访问时间:2020年3月1日。

品管理法》的规定。

尽管如此,在2001年《药品管理法》修正后的十年间,生产、销售未经批准的进口药品虽然是一种违法行为,但并不构成生产、销售假药罪。为什么?因为原刑法规定的生产、销售假药罪必须达到足以严重危及人体健康的程度才能入罪。如果进口药品有医学上的疗效,虽然未经批准进口在法律上以假药论,但显然无法达到足以严重危及人体健康的程度,也就不构成本罪。

情况在2011年发生了变化。为了加大对生产、销售假药罪的打击力度,2011年2月25日全国人大常委会通过了《刑法修正案(八)》,删除了原刑法所要求"足以严重危及人体健康"的限定条件。从此,只要生产、销售假药,即便没有危及人体健康,也可以犯罪论处。

刑法的处罚范围被极大地扩张,"我不是药神"式的案件如潮水一般涌至司法机关,这种现象可能是立法者们所始料未及的。

这必然引起最高司法机关的注意。2014年11月3日最高人民法院、最高人民检察院发布《关于办理危害药品安全刑事案件适用法律若干问题的解释》(以下简称《药品解释》)。该解释第十一条第二款明确规定了免责事由——"销售少量根据民间传统配方私自加工的药品,或者销售少量未经批准进口的国外、境外药品，没有造成他人伤害后果或者延误诊治，情节显著轻微危害不大的，不认为是犯罪。"

这个条款就是为了软化刚性的法律规定。《药品解释》的起草人指出：利用民间偏方、土方、秘方私自加工的"土药"，虽未经管理部门批准，但当地群众已普遍认可其疗效；未经批准擅自进口的"洋药"，尽管违反了我国药品管理制度，但并不会实际危害人体健康，相反对治疗有关疾病确有效果，很多情况下行为人还是应患者或者患者家属要求代为购买后转售。对此类案件，如不论数量多少、有否造成实际危害，一律定罪处罚，不符合实事求是精神，也难以为社会公众理解。①

同时，《药品解释》第六条第二款规定，医疗机构、医疗机构工作人员明知是假药、劣药而有偿提供给他人使用，或者为出售而购买、储存的行为，应当认定为刑法规定的"销售"。换言之，只有当医生有偿推荐假药，才可能构成犯罪。如果医生只是出于好心，向患者推荐未经批准擅自进口的"洋药"，这不可能构成犯罪。因此，"生产、销售假药罪不设门槛"这种说法显然是武断的。

---

① 周家海、周海洋：《〈关于办理危害药品安全刑事案件适用法律若干问题的解释〉及其理解与适用》，载《刑事法律文件解读》第116辑。

在现代社会，刑法的触角涉及社会生活的方方面面，如果只从技术角度来看，我们所有的行为都有构成犯罪的可能。以《我不是药神》为例。一个精致的法律技术主义者会敏锐地觉察到程勇从境外偷运仿制药品售卖的行为触犯刑法上的诸多犯罪：首先偷运入境行为构成《刑法》第一百五十三条的走私普通货物物品罪，只要偷运货物应缴税额达到十万元以上，按照刑法规定就可处三年以下有期徒刑或者拘役；其次销售行为构成生产、销售假药罪，该罪没有入罪数额门槛，也没有营利的要件；最后他还构成《刑法》第二百二十五条非法经营罪，未取得或者使用伪造、变造的药品经营许可证，非法经营药品，情节严重的，以非法经营罪定罪处罚。根据相关司法解释，个人非法经营数额在五万元以上的，或者违法所得数额在二万元以上的，就达到了非法经营罪的入罪标准，处五年以下有期徒刑或者拘役。需要说明的是，非法经营罪不需要以营利为目的，以亏损为目的以慈善为动机的非法经营也可以构成非法经营罪。

近来我的一个朋友差点铤而走险。当家人罹患重病，他决定去境外购买售价仅为国内一半价格的靶向药品，虽然评估了法律风险，但他仍然决意要冒险一搏。幸运的是，后来他赶上国内药品降价。如果非要以犯罪来测试人伦根本，这只能说是法律的悲哀。

刑罚是最严厉的惩罚手段,这种惩罚必须具备道德上的正当性,虽然一种违反道德的行为不一定是犯罪,但一种道德上被容忍甚至被鼓励的行为一定不是犯罪。在世界各国,消极道德主义也即以道德正当性作为排除犯罪的理由都被普遍认可。无论如何,善行都不能论以犯罪,否则违法就并非不义,反而成为荣耀了。

一些司法机关存在机械司法的问题,将司法活动等同于电脑运算。这种忽略民众道德情感的行为,从司法者个人角度而言虽然是"安全的",但在社会角度却降低了司法的公信力。

如果司法解释姗姗来迟,司法机关是否有勇气径直根据道德上的相当性作出出罪的决定呢?比如《药品解释》的免责事由针对的是生产、销售假药罪,但对于走私普通货物物品罪、非法经营罪却没有类似规定,司法人员是否有适用同样法理的担当呢?

据报道,对于陈医生的行为,当地公安曾以情节显著轻微不予立案,对此必须给一个大大的"赞"。

刑法的合理性不是来自形而上学的推理,而是来自它所服务的道德观念。如果法律过于刚性,司法的作用不是让它更加刚硬,而是要用"道德润滑剂"让法律柔软,满足民众的常情常感。

这里，我想再次援引英国刑法学家詹姆士·斯蒂芬在《自由·平等·博爱》一书中所说的话：

在任何情况下，立法都要适应一国当时的道德水准。如果社会没有毫不含糊地普遍谴责某事，那么你不可能对它进行惩罚，不然必会"引起严重的虚伪和公愤"。公正的法律惩罚必须取得在道德上占压倒优势的多数的支持，因为"法律不可能比它的民族更优秀，尽管它能够随着标准的提升而日趋严谨"。

值得一提的是，2019年12月1日实施的新《药品管理法》终于修改了假药的定义，该法第九十八条规定："……有下列情形之一的，为假药：（一）药品所含成份与国家药品标准规定的成份不符；（二）以非药品冒充药品或者以他种药品冒充此种药品；（三）变质的药品；（四）药品所标明的适应症或者功能主治超出规定范围……"

因此，未经批准生产、进口的仿制药品、代购药品都不再属于假药。可以想象的是，多少人的泪水与苦难促成了这个定义的变化。

请注意《刑法》第一百四十九条

2018年7月29日，长春新区公安分局以涉嫌生产、销售劣药罪，对长春长生生物科技有限责任公司（以下简称长春长生）董事长高某芳等18名犯罪嫌疑人向检察机关提请批准逮捕。

警方动作神速，值得嘉许。

但是，令人费解的是，涉嫌的罪名是生产、销售劣药罪，而非生产、销售伪劣产品罪。

我国《刑法》第一百四十二条规定了生产、销售劣药罪："生产、销售劣药，对人体健康造成严重危害的，处三年以上十年以下有期徒刑，并处销售金额百分之五十以上二倍以下罚金；后果特别严重的，处十年以上有期徒刑或者无期徒刑，并处销售金额百分之五十以上二倍以下罚金或者没收财产……"

成立本罪必须证明劣药对人体健康造成了严重危害。《最高人民法院、最高人民检察院关于办理危害药品安全刑事案件适用法律若干问题的解释》（以下简称《药品解释》）

关于对人体健康造成严重危害的定义是：（1）造成轻伤或者重伤的；（2）造成轻度残疾或者中度残疾的；（3）造成器官组织损伤导致一般功能障碍或者严重功能障碍的；（4）其他对人体健康造成严重危害的情形。

同时，《药品解释》规定，生产、销售劣药，致人死亡，或者具有该解释第四条第一项至第五项规定情形之一的，应当认定为刑法第一百四十二条规定的"后果特别严重"。

这五种情形分别是：（1）致人重度残疾的；（2）造成三人以上重伤、中度残疾或者器官组织损伤导致严重功能障碍的；（3）造成五人以上轻度残疾或者器官组织损伤导致一般功能障碍的；（4）造成十人以上轻伤的；（5）造成重大、特别重大突发公共卫生事件的。

尽管本案舆情汹涌，可并不属于重大突发公共卫生事件。突发公共卫生事件是指突然发生、造成或可能造成社会公众健康严重损害的重大传染病疫情、群体性不明原因疾病、重大食物和职业中毒，以及其他影响公众健康的事件。[①]

因此，如果要认定本案属于后果特别严重，适用十年以上的刑罚，那就必须证明出现了劣药致人死亡、重伤或多人轻伤的后果。

---

① 参见《突发公共卫生事件应急条例》第二条。

这显然对证据的要求比较高。即便出现人员伤亡的结果，要认定是劣药所致，具有法律上的因果关系，也不是一件容易的事情。

然而，我国《刑法》第一百四十条规定了生产、销售伪劣产品罪，该罪的证明难度相对容易，刑罚也可能更重——

"生产者、销售者在产品中掺杂、掺假，以假充真，以次充好或者以不合格产品冒充合格产品，销售金额五万元以上不满二十万元的，处二年以下有期徒刑或者拘役，并处或者单处销售金额百分之五十以上二倍以下罚金；销售金额二十万元以上不满五十万元的，处二年以上七年以下有期徒刑，并处销售金额百分之五十以上二倍以下罚金；销售金额五十万元以上不满二百万元的，处七年以上有期徒刑，并处销售金额百分之五十以上二倍以下罚金；销售金额二百万元以上的，处十五年有期徒刑或者无期徒刑，并处销售金额百分之五十以上二倍以下罚金或者没收财产。"

只要销售金额在二百万元以上的，就可以处十五年有期徒刑甚至无期徒刑。"销售金额"，是指生产者、销售者出售伪劣产品后所得和应得的全部违法收入。作为上市公司，长春长生生产的"问题药品"销售金额巨大。根据吉林省食药监局的《行政处罚决定书》，该公司单是从涉案的百白破疫苗里获得的违法收入就高达858840元。这还不包括作为其主打产品、被国家药监局通报存在"记录造假"的狂犬病疫苗。

可见，只要证明长春长生所销售的劣药所得和应得的收入在二百万元以上，就可以以生产、销售伪劣产品罪判处主犯十五年有期徒刑或无期徒刑，这不仅比生产、销售劣药罪处罚要重，而且相对来说更容易证明得多。

生产、销售伪劣产品罪和生产、销售劣药罪是**法条竞合**关系，本应按照特别法优于普通法的原理适用特别法的规定，但是法律的生命在于经验而非逻辑，很多时候，如果按照特别法处理明显太轻的，那自然要适用更重的普通法。

对此，《刑法》第一百四十九条第二款明确规定，生产、销售"生产、销售伪劣商品罪"一节第一百四十一条至第一百四十八条所列（特殊）产品，构成各该条规定的犯罪，同时又构成该节第一百四十条规定之罪的，依照处罚较重的规定定罪处罚。

十多年前，笔者在读博士的时候曾经专门写过法条竞合的文章参加论文评比。评委老师问我法条竞合采取特别法优于普通法的原则，那在法律中是否有例外规定呢？我当时对刑法条文不太熟悉，所以回答说没有。后来老师提醒我注意《刑法》第一百四十九条，我感到羞愧万分。

希望有关司法机关不要犯我当时的错误。

走私普通货物、物品罪
也应适用"初犯免责"条款

2018~2019年，一起明星逃税案引起了公众对相关法律的关注。

《刑法》第二百零一条第一款规定："纳税人采取欺骗、隐瞒手段进行虚假纳税申报或者不申报，逃避缴纳税款数额较大并且占应纳税额百分之十以上的，处三年以下有期徒刑或者拘役，并处罚金；数额巨大并且占应纳税额百分之三十以上的，处三年以上七年以下有期徒刑，并处罚金。"

根据《最高人民检察院、公安部关于公安机关管辖的刑事案件立案追诉标准的规定（二）》，逃税数额在五万元以上就属于"数额较大"，如果逃税数额占应纳税额的百分之十以上的，就可追究刑事责任。

但是，《刑法》同时也规定了一种免责条款，也即"逃税初犯不追刑责"——"有第一款行为，经税务机关依法下达追缴通知后，补缴应纳税款，缴纳滞纳金，已受行政处罚的，不予追究刑事责任；但是，五年内因逃避缴纳税款受过

刑事处罚或者被税务机关给予二次以上行政处罚的除外"。（第二百零一条第四款）

根据这个规定，如果初次逃税，只要补缴应纳税款，缴纳滞纳金，已受行政处罚的，就无须追究刑事责任。如果没有这个条款，那么逃税的明星免不了要"吃牢饭"了。

这个条款源自 2009 年 2 月 28 日通过的《刑法修正案（七）》。在《刑法修正案（七）》之前，只要偷税数额在 1 万元以上且占应纳税额的 10% 以上就构成犯罪。立法非常严厉，但执法却异常宽松。国人对逃税很少有耻辱感，逃税似乎成为企业的普遍现象。这不可避免地导致选择性执法，让法律的尊严大打折扣，也极大地滋生了司法腐败。

打击逃税犯罪的主要目的是维护税收征管秩序，保证国家税收，同时有利于促使纳税义务人依法积极履行纳税义务，但严厉的刑事处罚并不能有效解决逃税问题。如果对逃税者动辄以犯罪论处，那么可能大量的企业会被搞垮，国家反而少了税源。企业破产、工人失业也需要重新安置，反而给政府增添了新的负担。因此，《刑法修正案（七）》采取了比较务实的做法，给民众一个喘息的机会，没有必要杀鸡取卵，只要补缴税款滞纳金，初犯就不予追究。当然，下不为例，如果屡教不改，"五年内因逃避缴纳税款受过刑事处罚或者被税务机关给予二次以上行政处罚"后还逃税的，自然要严肃处理,不能再享受宽宥。

这个规定有其合理性,在现代社会,刑法应该保持必要的谦抑,刑法是治理社会矛盾最严厉的手段,不到万不得已不应轻易使用。加强税收监管,不断培养民众的纳税人观念,促使公民自觉履行纳税义务方能真正遏制逃税犯罪的发生。

但是,明星逃税案却让"吃瓜群众"联想起了许多涉税案件,尤其是海外代购的走私犯罪。比如曾引起民众沸议的"空姐代购案"——离职空姐李某某多次携带从韩国免税店购买的化妆品入境而未申报,逃税113万余元,北京市二中院一审以走私普通货物罪判处有期徒刑11年,罚金50万元。2013年5月,北京市高院二审将此案发回重审,后判决李某某有期徒刑3年,罚金4万元。

《刑法》第一百五十三条规定了走私普通货物、物品罪,"……走私货物、物品偷逃应缴税额较大或者一年内曾因走私被给予二次行政处罚后又走私的,处三年以下有期徒刑或者拘役,并处偷逃应缴税额一倍以上五倍以下罚金……"根据司法解释[1],偷逃应缴税额在十万元以上不满五十万元的

---

[1] 《最高人民检察院、公安部关于公安机关管辖的刑事案件立案追诉标准的规定(二)》。

即为"偷逃应缴税额较大"。如果偷逃应缴税额在二百五十万元以上的，那就可以判处十年以上有期徒刑或者无期徒刑，并处偷逃应缴税额一倍以上五倍以下罚金或者没收财产。

走私普通货物、物品罪虽属于走私罪，但在本质上也是一种逃税犯罪，只不过它逃避的是关税。关税和其他税收本无本质的不同，走私普通货物、物品罪与逃税罪是特别与普通的关系，走私普通货物、物品罪可以看成特殊的逃税罪。

在许多案件中，走私普通货物罪的社会危害性可能比逃税罪要小。这也是为什么走私普通货物、物品罪的入罪门槛比逃税罪更高。

如果明星逃税数亿都可以不追究刑事责任，那么从海外为亲友代购抗癌药品的当事人逃避关税就更不应该被追究刑责，否则会明显地违背民众朴素的正义感。

美国学者博登海默说："当那些认为自己同他人是平等的人在法律上得到了不平等的待遇时，他们就会产生一种卑微感，亦即产生一种他们的人格与共同的人性受到侵损的感觉。"[1]

---

[1] ［美］E·博登海默：《法理学：法律哲学与法律方法》，邓正来译，中国政法大学出版社1999年版，第288页。

我国《刑法》第四条规定："对任何人犯罪，在适用法律上一律平等。不允许任何人有超越法律的特权。"有人认为，刑法面前人人平等只是一种司法原则，而非立法原则，但是立法平等是司法和行刑平等的前提，如果立法本身不平等，司法、行刑上的平等只能恶化这种不平等的结果。起点的不平等必然导致结果的不平等。

刑事立法在分配刑责的时候，最起码要做到起点的尽量公平。刑法上的平等属于"矫正正义"，矫正正义主要是在物品交换过程中形成的一种契约式的正义原则，因此它又称为交换正义。只有在契约文化高度发达的社会，在市场经济条件下，这种平等观念才能深入人心，并在现实中真正得到落实。在中国古代，由于长期奉行重农抑商的政策，契约文化并不发达，因此也就很难孕育法律面前人人平等的观念。19世纪英国法学家梅因提示我们：**进步社会的运动，到现在为止，是一个从身份到契约的运动。**这一运动在中国方兴未艾。

明星们无疑是大众的宠儿，他们对社会本应承担更多的义务，如果说法律要有所区别对待，也必须向着弱者而不是强者倾斜。

回到法律技术层面，既然逃税罪和走私普通货物、物品罪是普通与特别的关系，那么针对普通法有效的初犯免责条

入罪之前

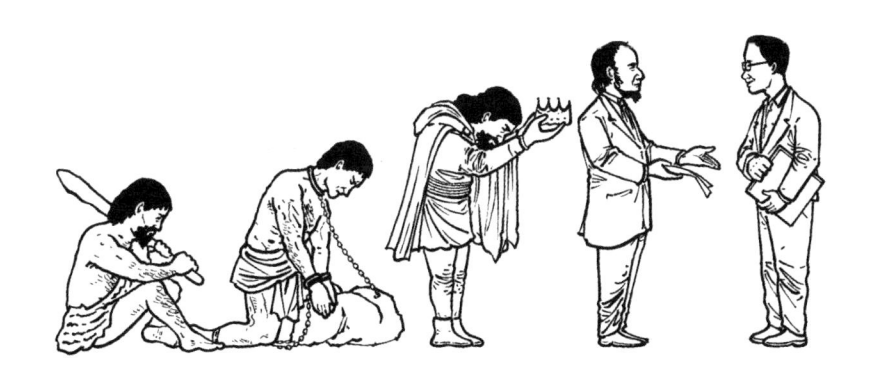

从身份到契约

款自然也可适用于走私普通货物、物品罪。因此,对那些走私普通货物、物品者,如果初次被查,无论逃避多少关税,只要补缴应纳税额和滞纳金,也就没有必要追究刑事责任。

法律没有必要咄咄逼人,它本应成为那些承受着巨大不幸的民众的安慰,而不是成为彻底击垮他们的冰冷巨石。

现在，连气瓶也是枪了？

2019年4月，河南省范县人民法院做了一个判决：胡某、王太某夫妇在淘宝上销售高压气瓶，论以非法买卖枪支罪。

判决书〔（2018）豫0926刑初241号〕表示：2017年7月以来，胡某通过网络贩卖用在气枪上的高压气瓶，王太某自2017年9月起负责打包、邮寄高压气瓶。案发后，其现存的微信记录上显示胡某卖出26个高压气瓶，王太某参与的有18个。2017年11月2日，范县公安局民警在义乌胡某租赁的房屋内现场查获309个高压气瓶。经鉴定，查扣的气瓶被认定为10套不成套气枪散件……

范县人民法院以非法买卖枪支罪，判决胡某有期徒刑13年，判决王太某有期徒刑14年。[①]

这份判决明显与民众朴素的常识相抵触，应当予以纠正。

[①] 《夫妻网售高压气瓶被判非法买卖枪支罪 丈夫获刑14年》，载中国日报网，http://cnews.chinadaily.com.cn/2018-11/27/content_37318363.htm，最后访问时间：2020年8月19日。

一、高压气瓶是枪支散件吗？

本案的法律依据是《刑法》第一百二十五条："非法制造、买卖、运输、邮寄、储存枪支、弹药、爆炸物的，处三年以上十年以下有期徒刑；情节严重的，处十年以上有期徒刑、无期徒刑或者死刑……"

2009年11月9日修正的《最高人民法院关于审理非法制造、买卖、运输枪支、弹药、爆炸物等刑事案件具体应用法律若干问题的解释》（下简称《枪支解释》）规定，非法制造、买卖……以压缩气体等为动力的其他非军用枪支二支以上的即构成本罪，如果达到五倍以上，则属于情节严重。

《枪支解释》还规定，非法制造、买卖成套枪支散件的，以相应数量的枪支计；非成套枪支散件以每三十件为一成套枪支散件计。

法院的判决恐怕是对此解释的生搬硬套——将309个高压气瓶认定为10套枪支散件。

按照法院的推理逻辑，只要是可以用于制造枪支的零部件就属于枪支散件，在这种逻辑推理下，处罚范围可以无限扩大。

螺丝、铸铁、塑料都可以用于制造枪支，那这是否也属于枪支散件呢？甚至生产螺丝、铸铁的机床是否也属于枪支散件？这种逻辑太过牵强，就像某人不小心踩死一只鸡，最后被索赔百万元，理由是鸡生蛋，蛋生鸡，鸡蛋、蛋鸡无穷匮也。

关于枪支弹药，最高司法机关曾经出台过多个司法解释，1995年最高人民法院曾经发布过《关于办理非法制造、买卖、运输非军用枪支、弹药刑事案件适用法律问题的解释》，该解释曾使用了"枪支主要零部件"的概念并规定了相应的数量标准（"制造非军用枪支主要零部件50件以上或者买卖、运输100件以上的"判处七年以下有期徒刑，五倍以上的则为七年以上）。

这个司法解释虽然已经不再执行，但是其对枪支零部件的限定论精神值得借鉴。因此《枪支解释》中所说的枪支散件应当理解为主要用于从事枪支制造的部件。如果任何可能用于枪支制造的零部件都论以枪支散件，那么打击范围就没有任何边界，罪与非罪的标准也就纯粹取决于裁判者的好恶。

值得注意的是，虽然《枪支解释》没有再沿用"枪支主要零部件"这个概念，但是公安部在有关枪支的鉴定中仍然使用了这个概念。

公安部《关于枪支主要零部件管理有关问题的批复》（公治〔2014〕110号）（以下简称《公安部批复》）中规定：枪支主要零部件是指组成枪支的主要零件和部件，其中，枪支主要零件是指对枪支性能具有较大影响而且不可拆分的单个制件,如枪管、击针、扳机等;枪支部件是指由若干枪支零件组成具有一定功能的集合体,如击发机构部件、枪机部件等。

在《公安部批复》的附件中,将气瓶作为枪支主要零件的一种,认为气瓶的主要性能特征是气枪中用于储存高压气体的枪支零件。

《公安部批复》虽然不是法律和司法解释,但对法院有着重要的参考作用。然而该批复也明确指出:枪支主要零部件的生产加工应当委托具有枪支制造资质的企业进行。

可见,《公安部批复》中所说的气瓶必须是具有枪支制造资质的企业所生产的专门性气瓶,而非本案所涉及的通用性气瓶。

总之,枪支散件必须具备专门性,应当限定为主要用于从事枪支制造的部件。从客观上来看,通用性的气瓶不属于枪支散件。

二、法律概念与主观明知

退一步讲,即便气瓶属于枪支散件。但这种法律概念是否能为人所知悉呢?

这涉及对犯罪故意的理解。刑法中有一种认识错误叫作

归类性错误，也即对事物法律归属的错误认识，比如行为人将他人汽车轮胎的气放掉，但却不认为这是刑法上"毁损"财物。显然，行为人知道自己在干什么，也知道毁损财物虽为法律所禁止，但却不认为自己的行为属于刑法上的"毁损"。

对于归类性错误，应当按照社会一般人的标准来进行判断，如果社会一般人可以避免发生这种错误认识，就不影响故意的成立。但如果社会一般人也无法避免发生这种错误认识，那就可以否定故意的成立。

笔者在讨论类似案件时曾不断提及日本国的"狸、貉事件"和"鼹鼠事件"——按照日本的法律规定，狸和鼹鼠都是被禁止捕获的保护动物。在"狸、貉事件"中，行为人误认为当地通称为"貉"的动物与狸不同而加以捕获，但当地人大多都持这种见解。而在"鼹鼠事件"中，行为人不知道当地称为"貘玛"的动物就是"鼹鼠"，而当地人一般都知道"貘玛"就是"鼹鼠"。在第一个案件中，被告被判没有故意，不成立犯罪，而在第二个案件中，法官却认为被告成立故意犯罪。显然，这两个案件中的认识错误都是归类性错误，还应当根据社会一般观念进一步进行判断。

我国也有大量的相似案件，比如《刑事审判参考》第315号指导案例"沈某某盗窃案"——某日晚12时许，被告人沈某某在某酒店与潘某某进行完卖淫嫖娼准备离开时，乘潘某某不备，顺手将其放在床头柜上的嫖资及一只手表拿走。在讯问中，沈某某一直不能准确说出所盗手表的牌号、型号等具体特征，并认为该表只值六七百元；拿走潘某某的手表是因为性交易中其行为粗暴，自己为了发泄不满。但经某市某区价格认证中心鉴定：涉案手表价值人民币123879.84元。法院认为，被告人主观上只有非法占有他人"数额较大"财物的故意，而无非法占有"数额特别巨大"财物的故意。鉴于被告人犯罪后主动坦白其盗窃事实，且所盗手表已被追缴并退还失主，属于犯罪情节轻微，被告人沈某某犯盗窃罪，免予刑事处罚。

在这个案件中，法院就使用了归类性错误的判断逻辑，虽然在客观上这块表属于数额特别巨大，在法律上，盗窃特别巨大的财物应当判处十年以上有期徒刑，但行为人对事物的归属产生了错误认识，她并不认为这块表属于数额特别巨大的财物。和沈某某一样的普通人只能知道表的价值可达数额较大，但很难知道能够达到数额特别巨大的标准。自然不能适用如此严厉的刑罚。

因此，在"气瓶案"中，即便法院认为气瓶在法律上属于枪支散件，但这个概念不可能为一般人所知悉，故行为人不具备主观上的犯罪故意。

一些司法机关倨傲地认为，民众有自觉接受法律概念的义务，必须认同法律所推行的价值观。但是，这种傲慢的法律观太过独断。法律惩罚的正当性来源于民众朴素的道德期待，法律只是道德的载体，而不能任由权力意志天马行空。**如果一种行为在道德上值得鼓励，那无论如何都不能发动刑罚权。**

一段时间以来，涉枪案件中的认识错误常有发生，不少判决的客观归罪倾向非常严重，与民众的道德情感严重抵触。有鉴于此，最高人民法院、最高人民检察院在2018年3月30日联合发布了《关于涉以压缩气体为动力的枪支、气枪铅弹刑事案件定罪量刑问题的批复》，该批复明确规定：

"对于非法制造、买卖、运输、邮寄、储存、持有、私藏、走私以压缩气体为动力且枪口比动能较低的枪支的行为，在决定是否追究刑事责任以及如何裁量刑罚时，不仅应当考虑涉案枪支的数量，而且应当充分考虑涉案枪支的外观、材质、发射物、购买场所和渠道、价格、用途、致伤力大小、是否易于通过改制提升致伤力，以及行为人的主观认知、动机目的、一贯表现、违法所得、是否规避调查等情节，综合评估社会危害性，坚持主客观相统一，确保罪责刑相适应。"

最高司法机关这次重申主客观相统一原则正是对司法实

践中日益严重的机械司法和客观归责的纠偏。

因此，在主观上，行为人并不具备买卖枪支罪的犯罪故意。

三、其他事项

需要说明的是，判决书所列举的证据中，经庭审质证的扣押物品清单、被告人供述、证人证言等证据显示，除高压气瓶外，警方还从胡某、王太某租住的房屋内搜查出红外线发射器、瞄准镜、高压气瓶、消音器等。不过，关于瞄准镜、消音器等物，该判决书并未载明其被如何定性。

但是，即便上述证据客观真实，亦无法在客观上说明气瓶属于枪支散件，更无法证明行为人有买卖枪支罪的犯罪故意。当然，如果可以证明行为人知道其所销售的气瓶被他人用于制造气枪，那其行为有可能构成非法制造枪支罪的帮助犯。但是如果非法制造枪支罪的实行犯没有归案，单纯的帮助行为很难定罪。同时，帮助犯属于从犯，法律规定应当从轻、减轻或免除处罚，如果认定为非法制造枪支罪，行为人的刑罚也可以大幅度降低，鉴于胡某处于哺乳期，对其有可能适用缓刑。

法律不是机器，法律人也不是机器人，法律理性永远需要倾听民众朴素的道德情感。

警惕机械司法
——评魔术道具涉嫌伪币案

2019年有一桩"伪造货币案"受到广泛关注,山东省临沂市兰山区检察机关以伪造货币罪起诉崔某夫妇。据报道,涉嫌伪造的货币与真币有较大差距,纸质粗糙,背面上大多印有"魔术道具"的字样。

检方起诉书显示,2015年以来,崔某雇人仿照第五版人民币面额、图案、色彩、规格、式样,印刷背面印有"魔术道具"字样的面值10元、20元、50元、100元的人民币和面值100美元的纸币,通过网络低价销售。①

当地公安机关对崔某厂房进行了搜查,查获疑似伪造的人民币上亿元,美元上千万元,其中有13.74万美钞上并没有"魔术道具"字样。

《刑法》第一百七十条,对伪造货币罪的规定非常简单。

---

① 《印制"魔术道具"纸钞 夫妻俩被诉造假币》,载《华商报》2019年2月14日。

何谓伪造货币——伪造货币就是伪造货币，基本刑是三年以上十年以下有期徒刑，并处罚金。这种规定在理论上被称为简单罪状，之所以采取这类罪状的形式，理由是它太过简单，所以没有必要详细描述。同属简单罪状的还有故意杀人罪、侮辱尸体罪等诸多犯罪。刑法对这些罪名基本构成要件的规定就是简单地罗列罪名。

当然，对于伪造货币罪的加重构成，刑法则有比较详细地叙述，法律规定三种情况可以处十年以上有期徒刑或者无期徒刑，并处罚金或者没收财产。其中一种是"伪造货币数额特别巨大"。根据最高人民法院《关于审理伪造货币等案件具体应用法律若干问题的解释》第一条规定，伪造货币的总面额在三万元以上的，就属于特别巨大。

然而，刑法毕竟是一种最严厉的处罚措施，在适用时要格外慎重。《刑法》第十三条对犯罪规定了一个非常长的定义：

"一切危害国家主权、领土完整和安全，分裂国家、颠覆人民民主专政的政权和推翻社会主义制度，破坏社会秩序和经济秩序，侵犯国有财产或者劳动群众集体所有的财产，侵犯公民私人所有的财产，侵犯公民的人身权利、民主权利和其他权利，以及其他危害社会的行为，依照法律应当受刑罚处罚的，都是犯罪，但是情节显著轻微危害不大的，不认为是犯罪。"

根据这个定义，成立犯罪至少要具备两个条件，首先是形式上的刑事违法性,其次是实质上的社会危害性。

根据罪刑法定原则,对于法律没有明文规定为犯罪的行为,无论有多么严重的社会危害性,都不能以犯罪论处。客观说来,司法机关对于犯罪的形式要件的把握还是比较严格的。

仅从形式来看,崔某完全构成伪造货币罪,法律对于伪造货币的形式规定得非常简单。随意找张白纸,上面手书上人民币100元,在形式上也是伪造货币。

因此,对于司法机关而言,正确把握伪造货币罪的实质要件就显得尤为必要。

根据刑法有关犯罪的定义,实质上的社会危害性可以从积极和消极两个方面来进行认定。

从积极的方面来看,犯罪必须是一种侵害法益的行为。法益,即法所保护之利益。一种行为之所以被规定为犯罪,就是因为它侵害了法益。法益理论是对刑罚权在实质上的第一道限制,它使得一个表面上符合法条的行为不再理所当然被视为犯罪,司法机关必须积极加以证明它侵害了某种具体的法益,否则行为就不是犯罪。

从消极的方面来看,即便行为侵犯了法益,但如果情节显著轻微危害不大的,也不认为是犯罪。这其实就是用伦理道德在实质上对刑罚权进行第二道限制。即便符合刑法的规定,也侵犯了法益,但如果一种行为是伦理道德所许可的,那么它就属于情节显著轻微危害不大，故也不是犯罪。

伪造货币罪所侵犯的法益是货币的公共信用，也即货币作为一般等价物给人们提供的交易信心。如果市面上假币很多，民众就不敢使用货币，动摇了民众对货币作为交易工具的信心。但如果"伪造"的货币无法动摇货币的公共信用，那就不能理解为刑法意义上的假币。比如伪造根本不存在的货币，如面额二百五十元的"假币"。又如某村委会为抵销在饭店内的开支，而将人民币复印，按其面值盖上村委会公章在该村内部使用的"假币"，虽然"假币"被制造、发行，甚至在一定范围内进入流通领域，但是民众并不会因为这些"假币"的存在就不敢使用人民币，这种行为就没有侵犯货币的公共信用，自然也不构成伪造货币罪。

货币的公共信用是货币发挥其基本功能的关键。货币是一种具有一般等价物功能的特殊商品，这种一般等价物的功能能否充分发挥，其关键就在于能否树立货币的公共信用。单纯的货币制造、发行，甚至流通只要没有侵害货币公共信用，货币作为一般等价物的效用也就并未受损，人们在交易过程中也就不会对法定货币的信用产生怀疑，从而拒收货币。只有当货币的公共信用受到侵犯，人们对货币的真实性、可靠性产生了怀疑，货币作为支付手段的基本功能无法充分发挥，才会动摇正常的市场经济秩序和交易秩序，这也是为什么货币犯罪规定在刑法分则第三章"破坏社会主义市场经济秩序罪"第四节"破坏金融管理秩序罪"这类犯罪中。

将货币犯罪所侵犯的法益理解为货币的公共信用是世界各国的惯例。不少国家或地区都在法典中明确将货币犯罪归入危害公共信用的犯罪。如1994年《法国刑法典》第4卷第4篇为"妨害公共信任罪"，其第2章为"伪造货币罪"；《意大利刑法典》第7章"侵犯公共信义罪"第1节即为"伪造货币、公共信用票据和印花罪"。

刑事司法资源是有限的，刑罚的触角不宜过长，只有最严重的伪造货币行为才值得刑罚打击。虽然无论是侵犯货币制造权、发行权还是流通权的行为均违反了有关货币管理的行政法规，但并非所有的违法行为都是犯罪。如果将违反货币管理制度的所有行为都纳入犯罪，刑罚将不堪重负，也不符合刑法补充性和最后性的旨趣。

20世纪80年代，中国人民银行和公安部曾发布《禁止用复印机复印人民币的通告》，严禁复印人民币，对用复印机复印人民币的行为，分别情况严肃处理。然而复印人民币的行为并不一定都属于犯罪，只有那些最严重的复印行为，即对公共信用造成侵害的复印行为才能进入犯罪领域。《人民币管理条例》第二十九条虽然也规定，任何单位和个人不得印制、发售代币票券，以代替人民币在市场上流通。但是，单纯印制、发售代币券的行为如果没有侵犯人民币的公共信用，也不宜以犯罪论之。事实上，上述条例也只是说对此行为依照《中国人民银行法》的有关规定予以行政处罚，并不认为它构成犯罪。

具体到崔某的伪造货币案，明显印有"魔术道具"字样的货币不可能侵犯货币的公共信用，自然不能认定为假币。但是对于没有印有相关字样的13.74万"美钞"是否属于"伪造货币"则值得研究。

据崔某表示，这部分"美钞"比真钞尺寸大，纸张厚，凭借肉眼一下子就能判断出真伪。"我印的美元只有一批尺寸大的，纸张也厚，的确不带字，但其他尺寸一样大的都是带字的。警察在谢某处找到的不带字的，不是我印的，因为印刷模板都是林某国给我的，林某国之前也承认给我的模板也都是带字的。"[1]

如果检察机关要证明这批涉案"美钞"属于伪造货币，那也必须证明相关货币可能使一般人产生误解，误以为属于真美钞，否则就没有侵犯货币的公共信用。在当前的司法实

---

[1] 《印制"魔术道具"纸钞 夫妻俩被诉造假币》，载《华商报》2019年2月14日。

践中，涉及假币的刑事案件通常都需要人民银行或者其指定的金融机构对假币进行鉴定。在崔某这个案件中，人民银行也对涉案的货币是否属于假币进行了鉴定。但如果仅凭肉眼就能判断属于假币，那么根本就无须鉴定。

其实，即便人民银行对于涉案货币是否属于假币无法鉴定真伪，但只要侵犯货币的公共信用，司法机关也可以直接认定为伪造货币。如行为人伪造了大量硬币（纪念币）并置入流通，由于做工太过精美，使民众普遍误认为其有收藏价值与流通功能。这种货币的存在就会极大地动摇货币的公共信用，最终导致百姓不敢再使用硬币，因为连银行都难辨真伪。司法机关当然可以对此直接以伪造货币罪论处。

相信临沂检察机关不可能完全忽视货币犯罪所侵犯的公共信用，而仅仅根据形式要件就贸然起诉。在起诉书上，检察机关也试图提供该批货币可能侵犯公共信用的证据。

起诉书指出：根据警方调查，上述查获的百元人民币均系冠字号码为ST68277395的2005年版人民币，美元冠字号码均系FF95594731A。警方还查明，截至2016年7月25日，在全国银行柜面收缴与崔某印制的百元人民币冠字号相同的假币145张，经公安部物证技术中心鉴定，在相关银行收缴的同冠字号假币与本案查获的图文特征相同的假币物理参数、纤维成分均未检出明显差异。

但是这里的问题在于,具有相同冠字号的假币是否是崔某所造,既然崔某所伪造的人民币均有"魔术道具"的字样,怎么会出现没有上述字样的伪造人民币。假币物理参数、纤维成分均未检出明显差异是否就足以证明系崔某伪造呢?这都需要司法机关审慎对待。

一些司法机关不太注重犯罪的实质定义,机械司法的现象相当严重。但是,刑罚是一种最严厉的惩罚措施,稍有不慎后果不堪设想,因此对于刑罚的适用要慎之又慎。我国刑法的打击面非常广泛,从技术角度,如果不考虑犯罪的实质定义,民众几乎所有的行为都有成立犯罪的可能。法网恢恢,只要想打击你,就可以做到疏而不漏。

但是,一如德国刑法学家冯·李斯特所指出的,"刑法既是善良人的大宪章,也是犯罪人的大宪章"。刑法不仅要惩罚犯罪,也要保障人权,限制打击犯罪的权力。为避免实践中"重打击轻保障"的倾向,正确地理解犯罪的实质定义就显得尤为重要。

希望司法机关慎重处理魔术道具涉嫌伪币案,告别机械司法。[1]

---

[1] 2019年10月26日,崔某夫妇收到临沂市兰山区人民法院的刑事裁定书,裁定书准许兰山区检察院撤回起诉。

如何处理乘客与驾驶员互殴引发的惨案？

2018年11月2日上午，重庆万州公交车坠江事故调查处置部门发布消息，此次事故原因已经查明，系乘客与驾驶员发生争执互殴引发。

对于乘客与驾驶员争执互殴导致重大事故应当如何处理，在司法实践中有一定争议，主要涉及以危险方法危害公共安全罪和交通肇事罪的区分。

以危险方法危害公共安全罪是一种故意犯罪，它是放火罪、决水罪、爆炸罪、投放危险物质罪的兜底罪，因此必须和放火罪、决水罪、爆炸罪、投放危险物质罪具有等价值性。《刑法》第一百一十四条规定："放火、决水、爆炸以及投放毒害性、放射性、传染病病原体等物质或者以其他危险方法危害公共安全，尚未造成严重后果的，处三年以上十年以下有期徒刑。"

《刑法》第一百一十五条第一款规定："放火、决水、爆炸以及投放毒害性、放射性、传染病病原体等物质或者以其他危险方法致人重伤、死亡或者使公私财产遭受重大损失的,处十年以上有期徒刑、无期徒刑或者死刑。"

因此,如果以危险方法危害公共安全的行为没有造成严重的实害结果,只有具有危及公共安全的具体危险,那么可处三年以上十年以下有期徒刑;但如果出现了致人重伤、死亡或者使公私财产遭受重大损失的严重后果,则可处十年以上有期徒刑、无期徒刑或者死刑。

交通肇事罪则是一种过失犯罪,《刑法》第一百三十三条规定:"违反交通运输管理法规,因而发生重大事故,致人重伤、死亡或者使公私财产遭受重大损失的,处三年以下有期徒刑或者拘役;交通运输肇事后逃逸或者有其他特别恶劣情节的,处三年以上七年以下有期徒刑;因逃逸致人死亡的,处七年以上有期徒刑。"

因此,如果不属于交通肇事逃逸致人死亡的情况,无论出现多么恶劣的情节,都只能在三年以上七年以下有期徒刑中量刑。

在司法实践中,乘客与驾驶员争执互殴发生重大事故,存在两种情况:一是殴打行为足以致驾驶人员失去对车辆的有效控制,从而直接引发交通事故的;二是殴打行为不足以致驾驶人员失去对车辆的有效控制,但引发驾驶人员擅离驾驶岗位进行互殴,导致车辆失去控制,进而间接引发交通事故的。①

对于第一种情形,刑法理论没有争议的认为,由于乘客殴打行为直接导致了车辆失控,危及了公共安全。对此,乘客的行为应当以危险方法危害公共安全罪定罪量刑。比较重要的判例如祝某平以危险方法危害公共安全案。

祝某平在扬州市广陵区湾头镇搭乘12路无人售票公交车,因未及时购票而遭到司机的指责,祝某平遂生不满,便辱骂司机,并上前扇打司机的耳光。司机停车后予以还击,双方厮打,后被乘客劝止。司机重新启动公交车在行驶过程中,祝某平再生事端,勒令司机立即停车,并殴打正在驾驶的司机,并与司机争夺公交车的变速杆,致使行驶中的公交车失控,猛然撞到路边的通信电线杆后停下。结果通信电线杆被撞断,车上部分乘客受伤、公交车受损,直接经济损失近万元。

法院最后认为:祝某平在行驶的公交车上,无理纠缠并殴打正在驾驶公交车的司机,并与司机争夺公交车的变速杆,导致行驶中的公交车失控,虽然只发生撞断路边通信电

---

① 参见《陆某某、张某某以危险方法危害公共安全、交通肇事案[第197号]——公交车司机离开驾驶岗位与乘客斗殴引发交通事故的如何定性》,载最高人民法院刑事审判庭第一庭、第二庭编:《刑事审判参考》2002年第5辑(总第28辑),法律出版社2002年版。

线杆、公交车受损、部分乘客受伤、全部直接经济损失近万元的后果，但已足以危及不特定多数人的生命健康及其他重大财产的公共安全，其行为符合以危险方法危害公共安全罪的构成要件，依照《刑法》第一百一十四条的规定，判决如下：被告人祝某平犯以危险方法危害公共安全罪，判处有期徒刑三年。①

但是，在第一种情形中，司机是否应当追究刑事责任，则值得研究。在祝某平案中，司机回击这是人之常情，很难想象被殴打却不还手的现象。但是，在从事高度危险的职业中，人之常情也要受到一定的限制，如果明知回击行为会引发车辆失控的严重后果，但却轻信可以避免，或者疏忽大意根本没有预见会出现如此严重的后果，这应当认为存在刑法意义上的过失。当然，过失犯罪，只有出现严重的实害结果才能追究刑事责任。在祝某平案中只出现了危及公共安全的具体危险，而无实际的严重后果，所以自然无法追究司机的责任。

对于第二种情形，车辆失去控制造成交通事故是由驾驶

---

① 参见《祝某平以危险方法危害公共安全案［第319号］——人民法院认定事实与指控事实一致的，能否直接将指控的轻罪名变更为重罪名》，载最高人民法院刑事审判庭第一庭、第二庭编：《刑事审判参考》2004年第5辑（总第40集），法律出版社2005年版。

人员擅离职守直接所致，但乘客的殴打行为又是引发驾驶人员擅离职守与其互殴的唯一原因。对此，乘客和司机的行为应当如何定性，则存在一定的争议。

比较重要的判例如陆某某、张某某以危险方法危害公共安全、交通肇事案。①

被告人陆某某当班驾驶无人售票公交车，当车行驶至市区某站时，被告人张某某乘上该车。陆某某遂叫张某某往车厢内走，但张某某未予理睬。陆某某见上车的乘客较多，再次要求张某某往里走，张某某不仅不听从劝告，反以陆某某出言不逊为由，挥拳殴打正在驾车行驶的陆某某，击中陆某某的脸部。陆某某被殴后，置行驶中的车辆于不顾，离开驾驶座位，抬腿踢向张某某，并动手殴打张某某，被告人张某某则辱骂陆某某并与其扭打在一起。这时公交车因无人控制偏离行驶路线，公交车接连撞倒一相向行驶的骑自行车者，撞坏一辆出租车，撞毁附近住宅小区的一段围墙，造成骑自行车的被害人龚某某当场死亡，撞毁车辆及围墙造成财物损失人民币21288元。陆某某后投案自首。

---

① 参见《陆某某、张某某以危险方法危害公共安全、交通肇事案［第197号］——公交车司机离开驾驶岗位与乘客斗殴引发交通事故的如何定性》，载最高人民法院刑事审判庭第一庭、第二庭编：《刑事审判参考》2002年第5辑（总第28辑），法律出版社2002年版。

在这个案件中,检察机关认为两人都构成以危险方法危害公共安全罪,向法院起诉,但法院最后认为陆某某构成以危险方法危害公共安全罪,但因有自首等从宽情节,判其有期徒刑八年。对于张某某,法院则认为其构成交通肇事罪,判处其有期徒刑三年。①

法院之所以认为张某某构成交通肇事罪,而非以危险方法危害公共安全罪,主要是考虑很难证明张某某对危害公共安全的后果存在主观故意,所以最后以过失的交通肇事罪追究其刑事责任。

具体到重庆万州的同类案件,乘客刘某和驾驶员冉某之间的互殴行为导致恶性事故,如果两人没有死亡,那就涉嫌犯罪,也一定会涉及以危险方法危害公共安全罪与交通肇事罪的适用问题。

报道称,"根据调查事实,乘客刘某在乘坐公交车过程中,与正在驾车行驶中的公交车驾驶员冉某发生争吵,两次持手机攻击正在驾驶的公交车驾驶员冉某,实施危害车辆行驶安全的行为,严重危害车辆行驶安全。冉某作为公

---

① 参见《陆某某、张某某以危险方法危害公共安全、交通肇事案[第197号]——公交车司机离开驾驶岗位与乘客斗殴引发交通事故的如何定性》,载最高人民法院刑事审判庭第一庭、第二庭编:《刑事审判参考》2002年第5辑(总第28辑),法律出版社2002年版。

交车驾驶人员，在驾驶公交车行进过程中，与乘客刘某发生争吵，遭遇刘某攻击后，应当认识到还击及抓扯行为会严重危害车辆行驶安全，但未采取有效措施确保行车安全，将右手放开方向盘还击刘某，后又用右手格挡刘某的攻击，并与刘某抓扯，其行为严重违反公交车驾驶人职业规定。乘客刘某和驾驶员冉某之间的互殴行为，造成车辆失控，致使车辆与对向正常行驶的小轿车撞击后坠江，造成重大人员伤亡。"[①] 因此，乘客刘某和驾驶员冉某的互殴行为与危害后果具有刑法意义上的因果关系，两人的行为严重危害公共安全。

根据现有的信息，这个案件类似于祝某平以危险方法危害公共安全案。乘客刘某的行为符合以危险方法危害公共安全罪的构成要件，但司机冉某的行为不宜以故意犯罪论处。

值得一提的是，现行的交通肇事罪在法定刑设置上存在一定的问题。根据《刑法》第一百三十三条的规定，交通肇事因逃逸致人死亡的，处七年以上有期徒刑，最高可达十五年有期徒刑。这主要考虑到在交通事故发生后，肇事人有报

---

① 参见《重庆万州公交车坠江事故原因查明》，载百度网，https：//baijiahao.baidu.com/s？id＝1616079828838690366&wfr＝spider&for＝pc，最后访问时间：2020 年 3 月 1 日。

告义务和救助义务，如果其违背了这些义务，应该予以更为严厉的评价。这个规定当然是合理的。

但是如果行为人的交通肇事不属于逃逸致人死亡，那么无论出现多么恶劣的后果，最高都只能判处七年有期徒刑。设置这样的法定刑，是为了和《刑法》第一百一十五条第二款规定的犯罪保持一致。

《刑法》第一百一十五条第二款规定了失火罪、过失决水罪、过失爆炸罪、过失投放危险物质罪和作为兜底的过失以危险方法危害公共安全罪，"处三年以上七年以下有期徒刑；情节较轻的，处三年以下有期徒刑或者拘役。"交通肇事在性质上也是一种过失危及公共安全的犯罪，所以除逃逸致人死亡这种情节外，其他的交通肇事行为都和过失危害公共安全的犯罪保持了匹配。

但这些规定与《刑法》其他条款会有一些冲突。比如《刑法》第一百三十七条规定的工程重大安全事故罪，法定最高刑可达十年。（"建设单位、设计单位、施工单位、工程监理单位违反国家规定，降低工程质量标准，造成重大安全事故的，对直接责任人员，处五年以下有期徒刑或者拘役，并处罚金；后果特别严重的，处五年以上十年以下有期徒刑，并处罚金。"）

工程重大安全事故罪的出台是为了打击"豆腐渣工程"，

如果出现事故往往会造成重大人员伤亡，多年前，重庆綦江虹桥突然垮塌，造成 40 人死亡。包工头费某利就是以工程重大安全事故罪判处有期徒刑十年。

如果交通肇事出现特别重大的事故，它和工程重大安全事故罪的社会危害性具有相同性，作为一种特别法，它没有必要和作为普通法的《刑法》第一百一十五条第二款的法定刑保持一致。因此，如果行为人在交通肇事中造成特大人员伤亡，从刑法体系性的角度，对该条款的法定刑有必要进行适当的调整，比如提高到十年。

法律的修改永远是滞后的，习气的改变则更难。法治的基本要义是要培养民众的规则意识，无论尊贵、卑贱、富裕、贫穷，都要受到规则的约束。

如果人们非但不愿意遵守规则，反而视遵规守法为弱者的行径，那么你我是否也会遭遇万州事件，就只能听天由命了。

"不等于不"

"不等于不"

——泰森为什么被判强奸

"不等于不"标准是当前普通法系在认定性侵犯罪被害人是否不同意性行为的一个重要标准，对我国的司法实践也有一定影响。

该标准认为，女性语言上的拒绝应当看作对性行为的不同意。法律应当尊重女性说"不"的权利，只要女性有过语言上的拒绝，那么在法律上就要认为她对性行为持不同意的态度。

这种规则最初由女权主义者倡导，她们认为在传统的法律中存在对女性的偏见：这些法律往往认为女性在性行为中并不知道自己想要什么，她也不理解自己语言的真实含义，很多时候，她们"说不其实就是想要"，因此，法律并不认为单纯语言上的拒绝就是对性行为的不同意。在女性说不的时候，很多男性并不知道对方的真实愿望，他们可能会真诚地认为，女方是同意的，说"不"只是一种半推半就。

但是，在女权主义者看来，法律恰恰应该抛弃这种花花公子式的哲学。为了真正的保护女性的性自治权,必须赋予女性说不的权利,法律应当尊重女性语言上的拒绝权。

根据"不等于不"标准,如果行为人发生了认识上的错误,认为被害人语言上的拒绝实际上只是一种明拒暗迎的举动,那么这种认识错误并不妨碍犯罪的成立,行为人必须为自己的错误认识承担刑事责任。

对"拳王"迈克·泰森(Mike Tyson)的审判就是"不等于不"标准的经典实践。泰森被指控于1991年7月的一天强奸了德斯雷·华盛顿(Desiree Washington)。当日,华盛顿受泰森之请,与其共同驾车游玩,途中曾与泰森亲吻。次日凌晨,她与泰森一起进入泰森在旅馆的套房。他们看了会儿电视,然后华盛顿起身去了洗手间。当她从洗手间出来的时候,泰森已脱光了衣服,并把华盛顿按倒在床上。当时,华盛顿在语言上对性行为表示拒绝,但泰森没有理会,于是在对方的哀求声中与她发生了性行为。出事25小时后,女方到当地一家医院的急诊室作了检查。检查结果表明,女方的子宫颈口上有两处被磨损的伤痕。几天之后,华盛顿正式向当地警察局报案:控诉泰森强奸。在审理过程中,初审法院的12名陪审员一致裁定,泰森罪名成立。上诉法院也维持了原判。[①]

[①] Tyson v. State, 619 N. E. 2d 276, 292, 300 (Ind. Ct. App. 1993).

对此案件的审理，采取的就是"不等于不"标准。在泰森看来，一位年轻女子接受其邀请驾车游玩，同意亲吻，并于凌晨回到旅馆与其独处本身就是对性行为表示同意的意思表示，因此在性行为发生过程中，语言上的拒绝其实只是一种象征性的反抗。但是，根据"不等于不"标准，女性在语言上的拒绝应当受到尊重，泰森的这种错误认识，即使是真诚的，也是不可原谅的。

"不等于不"标准其实是对行为人施加的一种特殊义务，要求行为人尊重对方语言上的拒绝权。如果行为人没有履行这种义务，比如错误地认为被害人语言上的拒绝是"半推半就"，那么他必须为这种错误认识付出代价。行为人应当把对方视为有理性的人，在进行性行为之前，应当有义务睁开自己的眼睛和使用自己的大脑，不要试图读懂对方的心，而是要给予她说出自己意愿的权利。和一个没有意图表示的人发生性行为完全是把对方当成了客体，如果还无视对方语言上的拒绝，那行为人显然是在已有的伤害上又添侮蔑。这种非人性的行为加深了对对方人格和自治权的否定，因此必须承担刑事责任。

在很长一段时间，曾有观点认为：女性并不知道自己想要什么，她们也不理解她们所说的。她们往往把身体反抗作为一种性刺激而且感到很享受。作为性伴侣，她们的心态是矛盾的，她们不知道自己想要什么，她们的语言并不能真正代表自己的意思,在她们渴望性事的时候她们会说不要,她们往往会在事后撒谎诬告男方。因此对于那些认为女性"说不其实就是想要"的男性而言,惩罚他们是不公正的。

根据这种观点,对于性行为女性根本就不具有正常的理性,她们事实上并不知道自己想要什么,或者不理解自己所说的,至少当她们说"不"的时候,更是如此。因此,女性必须表现出足够的身体反抗才能表明自己的不同意,只有通过身体反抗才能表明女性能够合理地理解自己的行为。

对于象征性反抗,虽然实证上调查不完全一致,但总体上,各种调查都显示,尽管性风俗有变化,但有些女性仍然不愿意对性行为表现得过于随便,因此象征性反抗这种现象是存在的。研究表明,造成女性象征性反抗的原因主要有三种:其一是出于对某种禁忌的担心(inhibition‐related reasons),比如说感情上、宗教上或道德上的担心;其二是女方自己可控制的原因(manipulative reasons),比如说出于游戏的态度,或者对伴侣恼火,或者为了控制对方等原因;其三是对某种后果的担心(practical reasons),比如害怕说同意会表现得像个荡妇、又如对于对方感情的不确定,再如害怕会被传染上某种疾病。

但是,在实证调查中,大部分(60.7%)女性从未有过象征性反抗。当然,我们承认象征性反抗客观存在,但是这并不能表明女性不能理解性行为。严格从心理学、精神分析学的角度出发，人类的许多行为的含义都是模糊不清的，有时无法用理性来说明，然而在法律中，我们却会认为这些行为是人类在理性的思考下做出的。从法学规范的角度，如果我们认为女性和男性一样都是有理性的生物，那么必然要承认她们能够理性地理解和控制自己的性行为。对于那些有过象征性反抗的女性而言，如果她们的真实愿望是同意与男方发生性关系，那么她们事后很少会去控告男方犯罪。

一直以来，很多人都对性侵犯的被害人表现出了一种深深的不信任，他们害怕女性撒谎、报复而使男性受到冤枉。有人认为，性侵犯的报案率至少有50%是虚假的，很多性侵犯案件都是女性出于愤怒的报复，或者是担心未婚先孕受到社会歧视而对男性进行的诬告。但是所谓的"性侵犯案中高得离谱的虚假控告率"鲜有实证资料予以支持。相反，在美国却有研究表明，性侵犯罪的虚假报案率从来都被高估了，只有5%的强奸案是虚假的，而其他案件的虚假报案率则是2%，这并不比其他案件多多少。而且，如果使用女警察的话，则只有2%，曾经也有调查支持2%的虚假报案率的结论。①

---

① Julie A. Allison & Lawrence S. Wrightsman, Rape: The Misunderstood Crime, Sage Publications (1993), p. 11.

对于性侵犯罪,"不等于不"标准具有较大的优势。"不等于不"可以给行为人提供一个合理的警告,告诉他们自己的行为过界了。它还可厘定可以接受的诱惑行为和被禁止的侵犯行为的界限。的确存在一些男性,他们真诚地相信在性行为中,男性应该积极主动,女性语言上的拒绝、哭泣甚至身体上的反抗都只是一种假象,是为了掩盖自己急于求欢的真实意愿。但是,男人的性梦并不代表男人的性现实,女孩的性幻想也不等于她们真正的愿望。尽管有些男性日复一日地幻想女性希望被性侵,但只要他没有将其幻想转化为实际行为,那么这种想法就不具有可谴责性。然而,当他无视女性语言上的拒绝,在自己错误动机的支配下,用行动来实践自己的幻想,那显然要接受法律的制裁。同样,对于女性而言,即使她们曾经幻想被人性侵,但只要在客观上她们没有将这种想法表露出来,那么她们客观上的拒绝就要获得法律的尊重。

我们不能以男性的幻想和偏见来要求女性,即使所有的男性都认为女性的消极反抗只是装模作样,这种错误认识也不能为法律所纵容。虽然法律不能激进地改变社会习俗,但是法律至少要在最低限度上推进男女平等的理念,实践对基本人权的保障。法律应当倡导男性对女性的尊重,不要把女性视为纯粹泄欲的工具,要把她们看成有理性有尊严的人。要求行为人尊重对方语言上的反抗权并非对男性施加过多的义务,如果法律的本意真是为了保护女性的性自治权,那么没有理由怀疑:为什么简单而清楚地说"不"不足以表示女方的不同意;如果认为妇女有性自治权,那么她应当知道自己想要什么和知道自己在说什么。妇女想要性的时刻会说"是",不想要时会说"不",这些语言上的表示应当被尊重。

女性语言上的拒绝或者哭泣是一个明显的信号,告诫行为人要注意自己的行为有从诱奸变为强奸的危险,而在此时,行为人至少负有询问的义务——这对他来说是十分方便的,因为被害人就在他旁边,他没有理由仅凭自己的推断就看出对方的心思,而连问都不问。他应该确认自己的想法是否正确,而如果他连这么容易履行的义务都无暇顾及,那么他就必须为自己的错误付出代价,因为他的这种错误会对她人造成足够大的伤害。

因此,法律绝对不能按照"不等于是"的偏见来要求被害人,因为这会对被害人造成严重的伤害,法律应该让行为人谨慎行为,行为人的错误应当受到惩罚。任何人都不应该从自己的不当行为中获益,否则就是对法律的污蔑,要求行为人尊重对方的语言并非过分要求,这不过是要求行为人在行为时遵守人类交往的一般规则。

总之,语言或哭泣等消极反抗也是一种合理的反抗。我们不能以男性的错误想法来要求女性,换句话来说,即使所有的男性都认为女性不理解性行为的意义，我们也不能以这种所谓的"合理男性标准"来要求女性，而只能根据女性自身的理解来评价她的反应。毕竟男女平等是法律追求的目标，即使再多的男性认可男尊女卑的社会现实，但是也不能说在就业、劳动、薪酬、升学等社会生活中对女性进行歧视就是正当合理的。

当然，法律只是社会治理的最后手段，它无力改变人心。**如果人心向往强力与操控，女性的物化就是一个无法改变的事实。**这个世界充满了浮华与喧嚣，很多人习惯凡事追求利益与享乐的最大化，并且认为越活得像动物越自然完美，越能体现自我的价值——"他们行可憎的事，知道惭愧吗？不然，他们毫不惭愧，也不知羞耻。"崇拜强权，纵情声色的人既不尊重自己为人的尊严，更不可能尊重他人，更遑论尊重女性。尊重与知识、学问甚或浅表的善行无关，而只关乎我们是否真正认同每个人都有内在独一无二的神圣价值。

虽然法律不能改变一切，但法律必须有所作为，至少要倡导男性对女性的尊重。"不等于不"标准亟待实施。

先强奸后恋爱,算强奸吗?

曾经有某知名公益人士陷入性侵指控,其辩解是虽然第一次有违女方意愿,但后来两人成为恋人。那么,先强奸后恋爱是否可以否定初次行为的犯罪性呢?

多年以前,笔者也遇到过一桩疑案:某男用酒灌醉女方,实施迷奸,女方性事结束后起身解手,神志不清后又回到原处睡下。数小时后两人再次发生关系。男方称女方自愿,女方坚决否认。两人后以男女朋友相称数日,再之后女方报警。

对第一次性行为男方属于强迫,对此司法机关没有疑问,但对于第二次性行为女方是否自愿则有较大分歧。

当时,有人认为如果没有证据证明第二次性行为女方出于被迫,从存疑有利于被告的角度就要推定女方自愿。因此就可以适用"先强(奸)后通(奸)不谓之强(奸)"这样的规则。

这种意见后来被否定,但在司法实践中持"先强后通不谓之强"观点的大有人在。

这主要是因为一个陈旧的已经失效的司法解释:1984年

颁布的《最高人民法院、最高人民检察院、公安部关于当前办理强奸案件中具体应用法律的若干问题的解答》（以下简称《解答》）规定："第一次性行为违背妇女的意志，但事后并未告发，后来女方又多次自愿与该男子发生性行为的，一般不宜以强奸罪论处。"

2013年1月18日《解答》被最高司法机关废止，"先强后通不谓之强"的规则虽然不再有法律效力，但在司法实践中仍具有重要的影响力。

然而，即便按照《解答》，这个规则的适用也有严格限定。它至少有两个限制：一是女方事后未告发，二是事后有多次性行为。另外即便符合这两个条件，也是"一般不宜以强奸论处"。有一般，自然有例外。

笔者所遇到的这个案件最后没有适用该规则，主要是因为女方没有和男方再次发生性行为，同时女方事后选择了告发。

而在上述公益人士涉嫌性侵一案中，既然女方已经选择告发，也无法证明双方事后多次发生关系，自然更不应适用这个规则。

从法理的角度，该规则其实并不合理，学界诟病已久。

先前的强奸行为是一个既存的独立犯罪行为，它无法改变之后通奸行为，通奸行为也不可能消灭先前的强奸事实。正如故意伤害后道歉，与被害人重归于好，这根本无法改变初次伤害的犯罪性，只是在量刑时可酌情考量。事实上，《解答》也规定："男女双方先是通奸，后来女方不愿继续通奸，而男方纠缠不休，并以暴力或以败坏名誉等进行胁迫，强行与女方发生性行为的，以强奸罪论处。"既然先前的通奸无法否定事后的强奸，那么事后的通奸又如何可以否认之前的强奸呢？

总之，女方的同意不包括对以往性事的追认，女性事后意志的改变不能影响前行为的犯罪性，否则犯罪与否就完全取决于被害人的意志，这不仅会导致国家的追诉权为被害人意愿所左右，也会催生大量用金钱收买被害人的现象。

因此，只要某次性行为符合强奸罪的犯罪构成，该次行为就构成强奸罪，而不论双方原先或后来的关系如何。当然如果女方在男方强奸后，出于某种原因主动积极与行为人再发生关系，这虽然不能否定前行为的犯罪性，但在量刑时可以酌情从宽。

强奸的本质是违背妇女意愿，在普通法系，对于如何判断违背妇女意愿，有两种做法值得借鉴。一是"不等于不"规则，二是肯定性同意规则。

"不等于不"规则主要适用于女方清醒的情况。"不等于不"规则认为，女性语言上的拒绝应当看作对性行为的不同意。法律应当尊重女性说不的权利，只要女性有过语言上的拒绝，那么在法律上就要认为她对性关系持不同意的态度。有些男性可能认为，女方说"不"是一种半推半就。但是，法律必须抛弃"不等于是"这种花花公子式的哲学。为了真正保护女性的性自治权，必须赋予女性说不的权利，法律应当尊重女性语言上的拒绝权，怀抱偏见之人须为偏见付出代价。

肯定性同意规则主要适用于醉酒、昏睡等女方不清醒的情形。这种标准认为，在没有自由的、肯定性的表达同意的情况下，性行为就是非法的。按照这种标准，在笔者所遇到的那桩案件中，第二次性行为依然可以判为强奸，因为女方在迷醉之时根本无法自由地表达肯定性的同意。

无论是"不等于不"规则，还是肯定性同意规则，它的本质都是对女性的尊重。性与人的尊严息息相关，行为人应当对对方有起码的尊重，他应当把对方看成一个有理性的主体，而非纯粹的泄欲对象。在进行性行为之前，行为人有义务了解对方的意愿，不要试图读懂女人的心，而要尊重她们说不与拒绝的权利。如果行为人基于偏见根本无意表达对女性的尊重，那就必须受到法律的严惩。

对女性的真正尊重是从心里发出的，而不仅仅是外在的行为。这种尊重一定是对每个具体的个体，尤其是对弱者的尊重。伪善的人从来都喜欢空谈人类之间的抽象大爱，喜欢向众人表达自己的博爱之心。但真正的爱从来不是一种表演，它常常体现在每日接人待物中对每个个体发自内心的尊重。

如今，人的物化大行其道，对人的尊重时常被认为是一种弱者的行径，强者常常不屑尊重他人。的确，如果不承认人内在的神圣价值，人只会根据他人外在的身份、权势、地位和周遭的环境去虚伪地表达自己的敬意。于是，人也就很容易把他人作为自己欲念的工具。男女交往更是如此。

因此，真正的尊重有时是反潮流的，甚至是需要冒险的。1535 年，英国大法官托马斯·莫尔因为拒绝顺服国王，而被关伦敦塔。当他的女儿来探视他，恳请他改变初衷，以免于死时，莫尔回答道：

"眼见贪婪、愤怒、嫉妒、骄傲、怠惰、淫欲、愚蠢的好处远远超越谦卑、贞洁、坚韧、公义、思想，或许在这个情况之下，我们必须站稳一点，甚至得冒险作英雄。"

电影《无问西东》中有一句台词："这个世界缺的不是完美，缺的是从自己心里发出的真心、正义、无畏和同情。"

也许，这才是我们这个时代的解药。

聚众淫乱罪是不是管得太宽了？

因为一桩高校"桃色新闻"，朋友们又开始调侃刑法中的聚众淫乱罪，有人认为这个罪名应该取消。

《刑法》第三百零一条第一款规定："聚众进行淫乱活动的，对首要分子或者多次参加的，处五年以下有期徒刑、拘役或者管制。"这个罪名的前身是1979年刑法中的流氓罪，而流氓罪的法定刑最高可达死刑。

2009年南京的大学教授"换妻案"曾经让这个罪名进入公众视野。当时，公安机关在一家连锁酒店的房间里，抓获5名参与"换妻"的网民，随后又牵出17人。这些人中，年龄最小者为1983年出生，年龄最大的则是53岁的马某某，他有"大学教授"的头衔，系"换妻"游戏的组织者。马某某承认，他于2007年建了一个QQ群，名为"夫妻旅游交友"。群友平时聚在一起的主要活动，就是相互间自愿进行的性行为，成员相对固定，人数或多或少。

在该案的审理过程中，22人的被告人阵容创造了1997年《刑法》修订以来以聚众淫乱罪名起诉的最高纪录。后来这 22 人被追究刑事责任，其中马某某被从重处罚，获刑 3 年 6 个月。

在刑法学界，对于聚众淫乱罪，并没有太多争论，但是在社会学界，有学者却提出了强烈的批评。如有学者指出，"聚众淫乱"不仅是无受害者的性活动，而且没有商业性，只不过是一些个人违反社会道德的私下行为。而公民对自己的身体拥有所有权，他拥有按自己的意愿使用、处置自己身体的权利。

论者认为，现行刑法有关"聚众淫乱"的条文在立法思想的根本上就是错的，错在个人身体的所有权归属的问题上。因而在此类案件的判决中，有关方面应当检讨有关法律的立法思想的对错，使法律成为保护公民权利的工具，而不是伤害公民权利的工具。[①]

对于上述观点，刑法学界普遍选择了沉默。倒是社会公众，对于"聚众淫乱"无罪的观点反应十分强烈。赞同者大多认为成年人之间应当有处置自己身体的权利，法律不应干涉。而反对者多从道德、国情、防止性病传播等角度论证此罪存在的合理性。

[①] 李银河：《中国当代性法律批判》，载《南京师大学报（社会科学版）》2004 年第 1 期。

作为刑法学者，笔者基本认同聚众淫乱罪的立法，而不赞同社会学论者的意见。

上述反对"聚众淫乱"入罪的观点，深受自由主义大师约翰·穆勒的影响，其表述逻辑完全是穆勒式的——"在仅仅关涉他自己的那一部分，他的独立性照理来说是绝对的。对于他自己，对于其身体和心灵，个人就是最高主权者"。①

穆勒认为，只要行为不妨碍他人，社会就不得干涉。这是他给个人自由设定的边界，但在现实中，有哪些行为是完全与他人无涉的呢？正如穆勒最早的批评者斯蒂芬所说的："人们是如此紧密地联系在一起，因此根本不可能说明最具个人性质的行为产生的影响能波及多大的范围。一种重要宗教的创立者的情感，一名大哲人的沉思，一位伟大将军的筹划，会影响千百万人的生活、思想和感情模式……我们根本无法为人们的言行对他们相互之间的重要性划定任何界限。"②

在穆勒的理论边界内，个人对其身体拥有绝对的处置权，别人无权干涉，哪怕是"为了你好"。换句话说，自残、

---

① ［英］约翰·穆勒：《论自由》，孟凡礼译，广西师范大学出版社2011年版，第10页。
② ［英］詹姆士·斯蒂芬：《自由·平等·博爱》，冯克利、杨日鹏译，江西人民出版社2016年版，第97~98页。

自虐、自杀都是自由。但在多数国家，刑法并不认可这种自由，也都禁止了行为人自愿的身体损害。事实上，穆勒自己也不认为个人拥有对自身的完全处置权。在讨论自愿卖身为奴是否应该为法律所禁止时，穆勒的答案是肯定的，他认为自由不允许以彻底放弃自由为代价——虽然这让他的整个逻辑体系难以自洽。

穆勒的门徒们大多接受了法律对当事人自愿的杀人、重伤等行为的干预和禁止，或者说"人身家长主义"——亦即对于个体的自愿身体伤害，法律可以像家长一样进行干预，限制其自由，理由是身体上的自损行为妨碍了个人自由的行使。

那么，问题来了：如果对自残身体的限制是合理的，那么对自损道德的干预是否也是应该的？如果"人身家长主义"可以被接受，那么"道德家长主义"是不是也有其合理性？

对此，穆勒及其门徒的回答是"NO"。在穆勒看来，要尽可能少地干涉个人自由，唯其如此，才能最大程度地激发个体的创造性，在整体上有利于人类福祉。穆勒对人性十分乐观，"不论在身体上、心理上，还是精神上，个人都是其自身健康的最佳守护者"，无拘无束的个人会倾向于"善"，追求高级的快乐。他说："做一个不满足的人要比做一只满足的猪好，做一个不满足的苏格拉底要比做一个满足的傻瓜好。"

假如有人自愿做一个满足的傻瓜，或者一只满足的猪，这是否也是他的自由？穆勒不曾正面回答这个问题，但他的确说了：一个容许个人率性栖居的社会，好过一个以大众之名碾压个体的社会。穆勒相信人的尊严，这是其学说的魅力所在，但也是问题之所在，他对人性的幽暗缺乏警惕。

事实上，人性中的不体面比比皆是——自私自利、好逸恶劳、感情用事，人们纠缠于日常的琐碎，沉溺于低级的快乐。幽暗根植于人性之中，与人类的历史同长，而自由并不能让它褪减半分。恰好相反，斯蒂芬认为，没有道德施加的自律，个人会倾向于过一种游手好闲、了无生趣的生活，既没有高雅的教养，也缺少追求伟大人格的动力。你不能指望人们会自然自发地养成好习惯。[1]

在斯蒂芬看来，人类普遍视为良善的每一种习惯，几乎都需要经过痛苦而漫长的努力来养成，而穆勒式的自由只会让这些努力功亏一篑。缺少道德的约束，自由堕落为放纵，没有任何社会价值。

更大的危险在于，个人主义一旦被推向极端，走向自我

---

[1] ［英］詹姆士·斯蒂芬：《自由·平等·博爱》，冯克利、杨日鹏译，江西人民出版社2016年版，第23页、序第8页。

的本位主义，人与人之间的社会联结将被打碎，社会陷入原子化与失范的危机，而"既然我们无法约束当前彼此争斗的各种势力，无法提供能够使人们俯首帖耳的限制，它们就会突破所有界限，继续相互对抗，相互防范，相互削弱。当然，那些最强的势力就会在与弱者的对抗中独占上风，使后者屈从于它的意志"。①

《娱乐至死》的结局就是《一九八四》。

回到聚众淫乱罪的问题上。能为本罪的合理性提供辩护的至少有社会瓦解理论和冒犯原则。

社会瓦解理论认为，不道德的行为会对公共福祉和人类更长远的利益和情感带来影响，导致社会瓦解，因此刑法制裁是合理的。"社会意指一个观念共同体，若不共享关于政治、道德、伦理的观念，社会就不能存在。我们中的每一个人都有善恶观念，这些观念不能在我们所生活的社会中保持私人属性。如果男男女女尝试创造一个没有关于善恶基本共识的社会，那必将失败。而如果社会已经建立在公共共识的基础上，一旦失去共识，社会将会瓦解。因为社会不是物理

---

① [法] 埃米尔·涂尔干：《社会分工论》，梁东译，生活·读书·新知三联书店 2005 年版，第 15 页。

意义上的拼接产物,而是由看不见的公共思想凝结而成。如果这些结合太过松散,社会成员就会相互疏离。公共道德是束缚的一部分,束缚是社会代价的一部分。人类如果需要社会,就必须付出代价。"①

吉本在《罗马帝国衰亡史》一书中认为,罗马帝国衰落的重要原因,就是家庭和婚姻的衰败,而这种衰败与罗马人在性方面的放纵密不可分。而对于纳粹兴起前的魏玛共和国首都柏林,性病与犯罪像野草一样蔓延,甚至公众也为所谓的"淫乐谋杀"(lustmurder)所吸引。社会的原子化叠加以"大萧条"带来的600万名失业人口,终于引发了狂暴的政治反应,在1933年将希特勒送上元首的宝座。所以托克维尔警告人类,谁要求过大的自由,谁就是在召唤过大的奴役。

肆无忌惮的个人主义,往往滋生肆无忌惮的极权主义。

值得一提的是,作为自由主义的派生,"冒犯原则"也认可有关聚众淫乱的立法。这一部分的自由主义者认为,冒犯也是一种损害,个体没有冒犯他人的自由;如果行为冒犯了他人,就应当接受法律的惩戒。聚众淫乱是对人类性羞耻

---

① [英]德富林:《道德的法律强制》,马腾译,中国法制出版社2016年版,第13页。

心的一种冒犯,既可能令他人产生恶心、反感的负面反应,也可能令行为人在受到诱惑的同时又备感羞耻,甚至形成自我仇恨。

笔者认可现行刑法中聚众淫乱罪的总体设置,但这不等于本罪不存在问题,而最突出的问题就是缺乏公共性的限定。刑法只能施加于最严重的犯罪,不得滥用。如果司法调查成本很高,可能侵犯许多人的隐私,那么就不得以犯罪论处。这就是为什么不能将恶习普遍视为犯罪的决定性原因。斯蒂芬警告说:"试图用法律或舆论的强制去调整家庭内部事物、爱情或友情关系,或其他许多同类事务,就像用钳子从眼球中夹出人的睫毛一样,这会把眼球拽出来,但绝对得不到睫毛。"[1]

因此,刑法中聚众淫乱罪应当限定为**公然为之**。私密下的性行为,不应受到刑法的干涉。只有当性进入公共领域,脱离私密性的保护膜,才有惩罚的必要。这也是为什么在许多地方,通奸虽然不构成犯罪,但如果重婚——将性从私密状态带到公共领域,公然挑战一夫一妻制度,动摇社会公众对婚姻神圣性的共识,就要受到刑法的干涉。

---

[1] [英]詹姆士·斯蒂芬:《自由·平等·博爱》,冯克利、杨日鹏译,江西人民出版社 2016 年版,第 114 页。

私下的聚众淫乱不构成对他人的视觉强制，不会对未成年人的心智发展造成不利影响，也没有达到对一般人的深度冒犯，没有必要用刑法手段强制调整。

此外，对私下的聚众淫乱进行惩罚，在功利方面也至少会导致三个方面的问题：

第一，司法部门选择性执法。如果将私密的聚众淫乱视为犯罪，由于它很难被发现，因此司法部门会有选择性地投入司法资源，以避免司法资源的浪费。司法人员很有可能基于偏见而有选择性地查处案件。比如根据嫌疑人的身份地位、财富状况、居住环境等不同，而决定是否调查处理。这不仅会极大降低司法的公正性，也会造成司法权力的滥用。

第二，降低民众对法律的尊重。当私密的聚众淫乱成为犯罪，由于侦查的困难，大量案件无法得到处理，这也会使法律事实上难以执行，从而使民众失去对法律的尊重。

第三，让权力过度侵扰公民的私生活。一旦私密的聚众淫乱成为犯罪，司法机关为了掌握犯罪线索，就可能对这种犯罪从策划、预备到着手实施的全过程进行跟踪调查，这不可避免地会殃及无辜，干扰公民的正常的私生活。比如，当数人步入一间房屋，或者有过不健康的交谈，或者发送淫秽信件，公安机关都可能怀疑他们将实施聚众淫乱，从而进行侦查布控。公民的私人生活于是暴露于权力之下，无法遁逃。

瑞士学者托马斯·弗莱纳在《人权是什么》中有过一段非常精彩的论述：

当保护私人领域中的人权没有得到认真对待时，国家权力就会刺探最隐秘的活动领域。国家是通过官员而进行活动的。我的邻居就是一个警察，所以他有可能得到有关我的信息。我的孩子的同学和朋友的母亲同警察一起工作，因此他就可以利用这种信息来损害我们家。①

人们很容易在自己所看重的事情上附上不着边际的价值，自由如此，惩罚也是如此。因此，无论是个人自由的行使还是国家权力的运用都要受到必要的约束。

---

① ［瑞士］托马斯·弗莱纳：《人权是什么》，谢鹏程译，中国社会科学出版社2000年版，第100页。

房思琪的失乐园
——滥用信任地位与诱奸

作为一名刑法学教师的尴尬是,常常有人向我咨询关于"师生恋"的法律问题——教师与学生发生性行为,常被指控为利用职务之便"诱奸"女性,而被指控人往往以"女方同意"为辩解,很少有案件会真正进入司法程序之中。

的确,"女方同意"是一个强有力的辩护。我国刑法规定的性同意年龄是十四周岁,与不满十四周岁的幼女发生性行为,即便女方"同意"也以强奸论处,这在理论中被称为法定强奸。但是,如果与十四周岁以上的少女发生关系,女方的同意就足以否定犯罪的成立。

但是,以十四周岁作为唯一的性同意年龄明显偏低了,这让打击滥用信任关系的性剥削案件变得几乎不可能。

什么是信任关系?教师之于学生,就存在这样的关系,当事人双方地位不平等。处于这样的关系中,弱势一方尤其是未成年人,对性行为的同意是有瑕疵的,信任关系的存在也导致被害人无从反抗。因此,许多国家都在法律中规定,滥用信任关系剥削性利益是一种严重的犯罪。

需要说明的是，这种性侵犯行为有别于未达同意年龄的法定强奸。在法定强奸中，被害人未达同意年龄，因而不能做出有效的同意；而在滥用信任关系的性侵犯行为中，被害人已达同意年龄，只是因为对方的特殊身份，导致同意无效。

借助民法中的信任关系理论，我们能很好地理解上述立法的用意。其内容为，具有信任关系的双方在交易时，处于优势地位的一方（受让人）可能利用弱势方（让与人）在身体和心理上的不利地位，向其施加不正当的影响。在这种情形下达成的交易并非双方自由意志的结果，所以是无效的。

信任关系存在于律师和委托人、托管人和受益人、监护人和被监护人等之间。在这种关系中，让与人会假定受让人会根据自己的利益来行事，事实上也会遵从对方的指示来交易。因而法律要求处于优势地位的一方承担按照对方利益来行事的积极义务，如果违背了这一原则，亦即滥用了信任关系，则交易无效。

回到性侵犯的问题上来，同理，如果双方存在信任关系，或者说地位不平等，则弱势的一方或许是无法做出有效同意的。如果优势一方利用信任关系与弱势方发生性行为，即侵犯了对方的性自治权。

孟德斯鸠说过："一切有权力的人都容易滥用权力，这是万古不易的一条经验。"信任关系同样是一种权力关系，而法律之所以要对信任关系中的性行为进行约束，正是为了防止处于强势的行为人滥用权威对弱势者的性利益进行剥削。

当然，如果弱势方是心智正常的成年人，那么不由分说一概禁止她与对其负有信任义务的行为人发生性行为，则构成对个人性自由的过多干涉，显然也是不妥的。因此，各国法律通常都把此类犯罪行为的受害人限定为未成年人。当然，这里的未成年人不限于法定强奸中未达性同意年龄的人。

如德国刑法第一百八十条规定，与被保护人发生性行为构成犯罪，"与受自己教育、抚养或监护的未满 18 岁的人发生性行为的，可以处 5 年以下自由刑或罚金"。而根据该国刑法第一百七十六条对法定强奸的规定，一般的性同意年龄为 14 岁。

又如意大利刑法典第六百零九条第四款第一项规定，与不满 14 岁的人发生性关系，不论被害人是否同意都构成犯罪。同时，在第二款中又专门规定了滥用信任关系的犯罪——（被害人）不满 16 岁，犯罪人是该未成年人的直系尊亲属、父母、养父母、监护人，或者由于照顾、教育、培养、监护、看管等原因而受托照管未成年人或与其有共同生活关系的其他人。

日本刑法和我国刑法相似，只是笼统地规定性同意年龄为 13 岁。但是日本 1974 年的《改正刑法草案》第三百零一条规定了对保护人的奸淫犯罪——"对于基于身份、雇佣、业务或者其他关系由自己所保护或者监督的不满 18 岁的女子,使用诡计或者威力进行奸淫的,处五年以下惩役"。这个草案后来由于种种原因没有向国会提交,只是作为参考资料刊载在日本六法全书中。

以上是大陆法系国家,再看普通法系国家。英国 2003 年《性犯罪法》规定:滥用信任关系与 18 岁以下的人发生性行为要处以 5 年以下的监禁刑。同时,该国的法定强奸包括与不满 13 岁的儿童发生性关系(最高可以判处终身监禁)和与 13 岁以上不满 16 岁的未成年人发生性关系的罪行(最高可判 14 年监禁刑)。该国一般的性同意年龄为 16 岁。

又如美国,《模范刑法典》规定了 10 岁和 16 岁两个同意年龄——与不满 10 岁的女性发生性行为是二级重罪;与 10 岁到 16 岁的女性发生性行为是三级重罪。该法典第二百一十三条第三款还规定:"男性与并非自己妻子的女性发生性行为……如果具备下列情况,构成犯罪……被害人不满 21 岁,而行为人是对方的监护人或对其福利负有通常的监督职责之人。"

总之,无论在大陆法系还是普通法系,将滥用信任地位剥削性利益视为犯罪都是一种常态性立法,我国实有借鉴的必要。当然,这类性侵犯行为的被害人应该限定为未成年人,否则会打击面过大,对公民的私人生活造成不必要、不正当的干涉。

在条件成熟的时候,我们应该在法律中明确规定:如果行为人与不满18周岁的未成年人存在信任关系,那么与之发生性关系就构成犯罪。此处的具有信任关系之人应当理解为基于法律或契约而对未成年人负有保护义务的人,如与未成年人有监护关系、教育关系、雇佣关系等。类似法条的出台可以极大地威慑校园等场所的不轨行为。

2017年,一本叫作《房思琪的初恋乐园》书的出版,及其作者的自杀,以一种令人心碎的方式将"诱奸"的问题袒露在世人面前。有评论痛心地说:"所有关于性的暴力,都是整个社会一起完成的",这其中当然也包括法律的缺失。

刑法不是治理社会乱象的万灵丹,但它必须在最低限度内有所作为。法律不可能改善人的道德水准,但至少要对严重的道德不轨进行规制。一如马丁·路德·金所言:"我们不能以立法的方式将道德订为法例,但我们却可以调整行为。"法律的规定可能无法改变人心,但它能管制那丧失了良心的人。

走出盲山
——关于提高收买妇女儿童罪法定刑的建议

2019年两会期间,有代表提出提高拐卖妇女、儿童罪的起点刑。[1]

对于人贩子,大家都深恶痛绝,即便在监狱里,人贩子也为其他服刑人所不齿。2018年年底,广州市中级人民法院曾对被告人张某、周某等人拐卖儿童案进行公开宣判,以拐卖儿童罪判处张某、周某死刑,剥夺政治权利终身,并处没收个人全部财产。舆论一片叫好。

不过,有个现象值得注意:没有买方就没有卖方,人们在谴责人贩子的同时,似乎却对买方格外地宽容。

法律也是如此。《刑法》第二百四十条规定的拐卖妇女、儿童罪,其基准刑是五年以上十年以下有期徒刑,有特别严重情节的可以判处十年以上有期徒刑或者无期徒刑,甚至死

---

[1] 《拐卖妇女儿童罪起刑点建议提至十年》,载《北京青年报》2019年3月13日。

刑。而下一条，即第二百四十一条却规定，如果不考虑强奸、非法拘禁等暴行，单纯的收买妇女、儿童罪的最高刑只是三年有期徒刑。

买方和卖方，三年和死刑，刑罚明显不匹配——刑法对前者的打击力度要弱得多。

拐卖与收买属于刑法理论中的"对向犯"，是一种广义上的共同犯罪。

所谓**对向犯**，指以存在两人以上相互对向的行为为要件的犯罪，如受贿罪与行贿罪。没有受贿就没有行贿，没有行贿也不可能有受贿。对向犯有两种：一是共同对向犯，二是片面对向犯。前者所对向的双方都被刑法规定为犯罪，而后者是只有一方被规定为犯罪。

拐卖妇女、儿童罪与收买被拐卖的妇女、儿童罪就属于共同对向犯，因为所对向的双方都被规定为犯罪。但销售伪劣产品罪则是片面对向犯，只有销售者一方构成犯罪，而购买者不构成犯罪。一般认为，购买伪劣产品者并非销售伪劣产品方的共犯。

从刑事政策的角度来看，立法者对共同对向犯的处罚要明显重于片面对向犯。比如增值税专用发票，无论是卖方还是买方都构成犯罪；但是对于普通发票，刑法只惩罚卖方，不惩罚买方。这主要是考虑到买方的社会危害性较小，毕竟购买增值税专用发票的人不多，但购买普通发票的却大有人在，法不责众。

在刑法中，共同对向犯的刑罚一般都基本相当。罪名相同的共同对向犯，如非法买卖枪支罪，买卖双方自然同罪同罚。罪名不同的共同对向犯，刑罚也相差无几，比如购买假币罪和出售假币罪，刑罚完全一样。受贿罪与行贿罪的刑罚也相差不大，受贿罪最高可以判处死刑，行贿罪最高刑也可达无期徒刑。

只有拐卖妇女、儿童罪与收买妇女、儿童罪这一对共同对向犯很特殊，对向双方的刑罚相差悬殊，到了与共同对向犯的法理不兼容的地步。

说句不好听的：当前法律对于"买人"的制裁力度甚至比"买动物"还要来得轻缓。《刑法》第三百四十一条规定了非法收购、出售珍贵、濒危野生动物、珍贵、濒危野生动物制品罪，收购与出售珍贵、濒危野生动物及其制品的行为人，买卖双方同罪，基础刑是五年以下有期徒刑或者拘役，特别严重的最高可以判处十年以上有期徒刑。

按照《最高人民法院关于审理破坏野生动物资源刑事案件具体应用法律若干问题的解释》的规定，买一只叶猴就可以判处五年以上有期徒刑，买两只则是十年以上。联系到司法实践中经常发生的买卖鹦鹉案，买家动辄获刑五年以上。这样一来，不免有"人不如猴、人不如鸟、人不如物"的意味，无论如何都会让人对法律的公正性产生怀疑。

法律的要义在于保护人的基本权利，而非其偏见和陋俗，"倘若人权得不到保护，社会上就没有法治可言"①。

当然，相关法律也不是毫无改进。2015年《刑法修正案（九）》的一个重要举措，就是取消《刑法》第二百四十一条的免责条款。

原法条规定，"收买被拐卖的妇女、儿童，按照被买妇女的意愿，不阻碍其返回原居住地的，对被买儿童没有虐待行为，不阻碍对其进行解救的，可以不追究刑事责任。"2016年12月21日最高人民法院《关于审理拐卖妇女儿童犯罪案件具体应用法律若干问题的解释》第五条将其解释为，如果收买被拐卖的妇女，业已形成稳定的婚姻家庭关系，解救时被买妇女自愿继续留在当地共同生活的，可以视为"按照被买妇女的意愿，不阻碍其返回原居住地"。

这样一来，拐卖犯罪几乎成了片面对向犯，买方几乎不用承担任何刑事责任。由于过于迁就陈腐陋习，漠视妇女儿

---

① 参见《大自由：实现人人共享的发展、安全和人权》，联合国正式文件，A/59/2005。

童的基本权利,这一法条及解释在法学界一直备受诟病。

2015年,《刑法修正案(九)》试图提高对买方的打击力度,将免责条款修改成"从宽条款"——"收买被拐卖的妇女、儿童,对被买儿童没有虐待行为,不阻碍对其进行解救的,可以从轻处罚;按照被买妇女的意愿,不阻碍其返回原居住地的,可以从轻或者减轻处罚。"

但上述修改仍然没有达到保护妇女、儿童应有的力度,与有关共同对向犯的法理还有很大错位——拐卖妇女儿童罪最高可以判处死刑,对收买方的最高刑才处三年有期徒刑,差距明显太大。

十多年前,有部叫作《盲山》的电影,讲述女大学生白雪梅被拐卖到山区,给老光棍黄德贵做老婆的故事。其间,白雪梅被虐待、被强暴、被殴打,多次逃跑,却走投无路。艺术化的电影结尾是:白雪梅在司法者/警察的帮助下,逃出深山。

十多年过去,真实和艺术虚构之间是否发生了转换?从法律的层面看,并没有。

影片的导演李杨是这样解释"盲山"两个字的——大山深处,人心已盲,黑暗无法穿透。

也许,要求法律来改变人心,是不现实也不恰当的。但还是那句话，法律至少要有所作为，如果不能成为照进黑暗的灯塔，那起码也要发出守护人权的微光，给被拐卖群体一个公正的盼望。

所以，我建议提高收买妇女、儿童罪的法定刑。

传播艾滋病算不算故意杀人？

曾经在网上有段视频：某男子明知自己是艾滋病患者，却没有采取保护措施就和一名女性发生了关系。女子知情后，绝望痛哭。此事引发了网络公愤，有人发起了对该男子的人肉行动，认为应当以故意杀人罪追究其刑事责任。

在司法实践中，对此案件应当如何定性，并无一致意见。

《刑法》第三百六十条规定了传播性病罪，"明知自己患有梅毒、淋病等严重性病卖淫、嫖娼的，处五年以下有期徒刑、拘役或者管制，并处罚金。"艾滋病当然是一种严重性病，但本罪的适用条件必须是在卖淫嫖娼过程中，而大多数传播艾滋病的案件都并非发生在这种特定的活动中。

为了定分止争，最高人民法院、最高人民检察院于2017年7月发布了《关于办理组织、强迫、引诱、容留、介绍卖淫刑事案件适用法律若干问题的解释》（以下简称《解释》），该《解释》首先明确了艾滋病是一种严重的性病，"明知自己患有艾滋病或者感染艾滋病病毒而卖淫、嫖娼的，依照刑法第三百六十条的规定，以传播性病罪定罪，从重处

罚。"（第十二条第一款）

　　同时，《解释》将致使他人感染艾滋病评价为刑法中的"重伤"。由于故意伤害致人重伤的量刑幅度是三年以上十年以下有期徒刑，较之传播性病罪为重，因此司法解释认为明知自己感染艾滋病病毒而卖淫、嫖娼致使他人感染艾滋病病毒的，应当以故意伤害罪定罪量刑。同时，对于发生在卖淫嫖娼场合以外的故意传播艾滋病毒（"明知自己感染艾滋病病毒，故意不采取防范措施而与他人发生性关系的"）致使他人感染艾滋病的，也应以故意伤害罪（重伤）追究刑事责任。

　　但是，司法解释仍不能回应一个更为常见的问题，那就是在卖淫嫖娼场合以外故意传播艾滋病，但对方却没有感染艾滋病，对此情况应当如何处理？司法实践中仍然存在争议。

　　有人认为这种行为可以强奸罪论处，理由是隐瞒疾病是对他人的欺骗，如果被害人知道真实情况，显然不会同意和行为人发生关系。但是这种观点并不恰当。

　　欺骗强奸一般仅限于冒充丈夫与女性发生性关系，这种行为之所以构成强奸，是因为在经验法则上，婚姻关系会高概率地导致性行为的发生。但身体健康并非发生性行为的实质根据，同样的例子还有冒充有钱人，冒充明星等等欺骗，这些欺骗在法律上都不认为与性行为有高概率的因果联系，因此不能排除女方对性行为同意的有效性。

1994年美国有一个案例（People v. Hough），被告人与女方的情人是孪生兄弟，于是冒充女方男友与之发生性行为，一审判被告人成立强奸，但二审推翻了原判。理由是从法律要倡导的价值立场来看，只有夫妻之间的性行为才具有高概率的联系，在法律中并不认为恋人关系与性行为有高概率的因果关系。

因此，还是只能将传播性病的行为理解为一种伤害行为。但在我国的司法实践中，伤害未遂一般是不处理的。认定故意伤害罪，必须有轻伤以上的鉴定结论。但如果被害人没有感染艾滋病，就很难以故意伤害罪立案处理。

然而，存在并不意味着合理。从刑法理论来看，既然《解释》将致使他人感染艾滋病规定为重伤，那么以重伤他人的心态传播艾滋病的行为就没有理由不受处理，否则法律的公正性必将大打折扣，法律也就很难获得民众的尊重。

因此，对于在卖淫嫖娼场合外的故意传播艾滋病的行为，如果被害人感染艾滋病，自然应该论以故意伤害致人重伤的既遂犯，在三年以上十年以下有期徒刑中量刑。但如果被害人没有感染艾滋病，则应该以故意伤害致人重伤的未遂论处，比照既遂犯从轻或减轻处罚。唯此，方能体现法律的尊严。

但是，法律只是治理社会问题的最后手段。幻想着用法律来解决一切社会问题，只是一种愚蠢的自负。

艾滋病不是罪，但往往被视为罪恶。于是许多患者和携带者选择隐瞒，而这又进一步增加了防治的难度。在一次感恩节中，一位朋友对我说，感恩与快乐成正比，感恩越多快乐也越多。如果这个说法是正确的，那么仇恨也与痛苦成正比，越仇恨越痛苦，越痛苦越仇恨。如此这般，冰冻三尺。

阿瑟·阿什是美国网球历史上第一位黑人冠军，曾三次获得大满贯、两度排名世界第一。他在一次输血时感染了艾滋病。对于他的遭遇，许多人深表同情，责怪上天不公。但阿瑟·阿什非常感恩自己能从亿万人中脱颖而出，取得如此大的成就，因此他以从容的心态看待自己的疾病，他说："知今，我身患绝症，我不怨天，也不怪自己；因为我知道有些事人无法左右，当不幸来临时，我们只能面对。"

阿瑟·阿什的感恩与从容的心态让我们感动，但这种心态一定离不开社会对疾病的接纳。而在今日的中国，对艾滋病人的接纳还是一个非常奢侈的话题，一年一次对艾滋病人的关心有"走秀"之嫌。人们对于疾病总是有一种本能的恐惧，不要说艾滋病，甚至乙肝病毒携带者、白血病患者等都在社会中备受歧视，前不久还有白血病孩子入学被拒的报道。在这样一种背景下，艾滋病患者也就很难走出歧视和仇恨的荼毒。

社会的文明程度在很大程度上体现为对弱者的尊重，即便你跌入谷底，社会也会为你提供基本的保障。话虽如此，同理心却始终是人们匮乏的一种品质。

如果说有什么疾病带有和艾滋病一样的污名，那就是历史上的麻风病了。1999年电影《莫洛凯岛：戴梅恩神父的故事》（Molokai: The Story of Father Damien）讲述了一个真实的故事——1873年，达米盎神父自愿前往麻风病患者聚居的莫洛凯岛。那个时代麻风病没有治愈可能，这项使命是有去无回。达米盎和麻风病人住在岛上，治疗护理和安慰麻风病人，安葬死者。他还在岛上建造和修缮房子，建立学校，推动岛上的法制建设。11年后，他被感染上麻风病，但他更加努力地工作，完成整个莫洛凯岛的社区建设，直到1889年4月15日于岛上辞世。

艾滋病学名是人类免疫缺陷病毒，它会逐渐摧毁人类的免疫系统，当免疫系统彻底失灵，一个微小疾病就可能终结患者的生命。一个社会同样需要免疫系统去对抗罪恶，而法律可能只是其中微不足道的一个环节。

至于每个个体，如果我们无法真正地接纳弱者，这不也是我们道德上的免疫缺陷吗？

富兰克林·罗斯福说:"我们唯一应该恐惧的就是恐惧本身。"

法律当然应该严厉地打击故意传播艾滋病的行为,但刑罚本身并不能防止疾病的传播,对于我们的社会而言,或许更重要的是走出对艾滋病的恐惧、偏见与歧视。

"不等于不"

怎样区分强奸罪与猥亵儿童罪？

一段时间以来，猥亵儿童案件常见报端，比如江西省婺源县人民法院审理的江某来猥亵案，年近七旬的教师江某来被控猥亵十几名未满 14 周岁的女学生。根据检察机关的指控，江某来在教室讲台上和办公室，多次对该校十余名幼女进行猥亵，经妇科检查，其中 6 人身体多个部位有不同程度的损伤。①

《刑法》第二百三十七条规定了猥亵儿童罪，该罪基本刑为五年以下有期徒刑或者拘役，有加重情节的可判处五年以上（十五年以下）有期徒刑。然而，《刑法》第二百三十六条所规定的强奸罪，其基本刑为三年以上十年以下有期徒刑，有加重情节的可以判处十年以上有期徒刑、无期徒刑甚至死刑。可见，强奸罪的处罚较之猥亵儿童罪要更为严厉。

因此，在司法实践中，如何区分猥亵儿童罪与强奸罪，就成为一个关键性的问题。由于儿童特殊的生理结构，刑法

---

① 沈凡：《"最美乡村"猥亵案》，载《财新周刊》2019 年第 23 期。

理论普遍认为，只要行为人和女童有过性器官的接触就可以成立强奸，且是强奸既遂。1984年最高人民法院、最高人民检察院、公安部《关于当前办理强奸案件中具体应用法律的若干问题的解答》（以下简称《强奸案件解答》）也明确指出：只要双方生殖器接触，即应视为奸淫既遂。虽然《强奸案件解答》在2013年被废止①，但对于强奸幼女应当采取性器接触说的理论不应有丝毫松动。

然而，在涉及性侵儿童的案件中，由于案件的隐蔽性，有时性器接触的证据难以轻易获取，以至有司法机关为了省事而以猥亵儿童罪兜底适用。据媒体报道，在江某来猥亵案中，案件开庭前，被害方的律师们起草了《关于江某来涉嫌猥亵儿童案管辖及犯罪事实的异议函》。异议函中提到，两名被害人的陈述显示江某来与女生有过性器官的接触，因此涉嫌强奸。由于被害儿童对细节描述得非常清楚，考虑到女童们的年龄及认知能力，如无亲身经历，难以编造。被害女童代理律师之一徐维华质疑道："检察机关曾要求对强奸情节补充侦查，但公安机关没有补充侦查。公安机关对于为什

---

① 参见2013年《最高人民法院、最高人民检察院关于废止1997年7月1日至2011年12月31日期间制发的部分司法解释和司法解释性质文件的决定》。

么不补充侦查没有说明理由。"①

在笔者看来，如果在猥亵儿童案中有足够的证据证明行为人与女童有过性器官的接触，那就应该以强奸罪论处。如果有强奸罪的五种加重情节——（1）强奸妇女、奸淫幼女情节恶劣的；（2）强奸妇女、奸淫幼女多人的；（3）在公共场所当众强奸妇女的；（4）二人以上轮奸的；（5）致使被害人重伤、死亡或者造成其他严重后果的——就可适用最高至死刑的加重情节。

比较域外立法，一个明显的特点就是不少国家都采取性别中立主义立法。

在传统的强奸罪中，被害人仅限于女性。在女权主义者看来，这种做法是对传统的男尊女卑观点的肯定。传统的观点认为在性行为中男性积极进取，女性消极被动，因此实施性侵犯的只可能是男性而非女性。女权主义者认为应当抛弃这种偏见，女性在性行为中并不必然处于消极的态度，因此她们倡导性别中立主义的立法，以期达到符号意义上的男女平等。

这种性别中立主义的立法主要表现为：

（1）罪名的修改。由于强奸（rape）这个罪名本身就预

---

① 沈凡：《"最美乡村"猥亵案》，载《财新周刊》2019年第23期。

设了女性的被害地位，因此许多地方都试图用其他中性的词语进行替代。如美国有些州将强奸罪修改为性侵犯罪（sexual assault）、性攻击罪（sexual battery）或犯罪性性行为罪（criminal sexual conduct）。

（2）承认女性对男性，甚至同性之间的性侵犯，法律不再认为性侵犯的被害人只能由女性构成。如德国1998年新刑法典将1975年刑法典中的"强迫妇女"修改为"强迫他人"；意大利新刑法第609—2条关于性暴力的规定也以中性的"他人"取代以往的规定。

（3）扩大对性交的理解。传统的性交仅指男女生殖器的结合，这反映的是一种生殖目的的性交观，它起源于对贞操观念的强调，女性失贞的标志就是生殖器相结合。无疑，这种性交观同样强调男性在性交中的支配性作用，是对男尊女卑文化的认可。考虑到上述原因，许多地方开始扩大对性交的理解。如美国模范刑法典第213条规定：性交包括肛交和口交……，又如法国1994年刑法典第222~223条规定："以暴力……对他人施以任何性进入行为……均为强奸罪"，这里的"任何性进入行为"包括肛交、口交以及异物进入等性侵害行为。

我国《刑法》也开始吸收性别中立主义的立法，比如2015年《刑法修正案（九）》把强制猥亵、侮辱妇女罪修改为强制猥亵、侮辱罪，男性也可以成为本罪的被害人。当然，性别中立主义立法更多具有符号意义，性侵犯罪的被害人主要是女性，曾有调查显示，即使在采取性别中立主义立法的美国，90%~99.4%的强奸被害人都是女性。[1]

但是，性别中立主义立法关于性交定义的扩张对于儿童保护明显具有重要意义，如果所有的进入式性活动均被认定为奸淫，那么司法机关在区分强奸罪和猥亵儿童罪时就不会那么为难。值得注意的是，当前在认定组织卖淫等与卖淫相关的犯罪时，最高人民法院对于卖淫就采取了扩张解释，所有的进入式性活动都属于卖淫的方式。既然对于卖淫采取扩张解释，那么扩大对奸淫的理解也就势在必行。

古希腊哲学家亚里士多德把罪恶分为三类：放纵、凶残、恶意。对儿童的性侵可谓这三种罪恶的杂糅，必须受到严厉的惩罚。在但丁的《神曲》中，对于这种衣冠禽兽的惩罚是在地狱的深谷中爬行，遭受冰雹的痛击，受尽酷刑的折磨。法律虽然无力改造人性，防止罪恶，但是对于邪恶，刑法必须有所堵截。对于性侵儿童的案件必须采取"零容忍"。

---

[1] Brande Stellings, Note, The Public Harm of Private Violence: Rape, Sex Discrimination, and Citizenship, 28 Harv. C. R. – C. L. L. Rev. P185, 186 n. 3 (1993).

"寻衅滋事"

"寻衅滋事"

流氓罪为何消而不亡

20世纪80年代，有首歌很红，叫作《铁窗泪》。歌者迟志强略带沙哑的旁白，浸染在忧伤的旋律中，让听者不免叹息，为唱歌的人，也为那个时代。

迟志强少年得志，1979年，年仅21岁的他就与刘晓庆、陈冲等一起，被评为第二届"全国优秀青年演员"，受到中央领导人接见。岂知好景不长，四年后，迟志强因流氓罪入狱，一时举国哗然。

南京市中级人民法院84刑一字8182号判决书显示，"1983年4月某日晚，王甲伙同被告人迟志强及曹某（已判刑）在××宾馆分别与女流氓刘某（另案处理）进行流氓淫乱活动；同年3月某日晚，王甲驾驶小轿车伙同迟志强邀女青年陶某乘车兜风，两被告在车内分别与陶某进行流氓淫乱活动。""被告人迟志强还在1983年元月至1983年5月间，先后与女流氓陈某、徐某（均另案处理）、刘某以及女青年曹某，进行流氓淫乱活动。在此期间，通过王甲认识并猥亵了女青年王乙"。

迟志强被南京市中级人民法院判处四年有期徒刑，主犯王某则被判有期徒刑十五年，其他被告分别被判有期徒刑一年至五年不等。

用今天的标准，迟志强获罪多少有点荒唐，但在那个年代，因为生活作风而被判流氓罪，身陷大狱者，却并非罕见。流氓罪，这个模糊不清的罪名，曾经作为一种真实的存在，强有力地禁锢着人们社会生活的方方面面。

流氓罪的缘起与扩大

何谓流氓？虽然此词人们并不陌生，但要细究其意，倒也并非易事。查阅有关辞典，对流氓一词基本上是从两个方面加以解释的：其一，在职业方面指"无业"；其二，在行为方面指"不务正业、手段下流、为非作歹"。

作为一种正式的罪名，流氓罪的出现是在1979年。当时的《刑法》第一百六十条规定，"聚众斗殴，寻衅滋事，侮辱妇女或者进行其他流氓活动，破坏公共秩序，情节恶劣的，处七年以下有期徒刑、拘役或者管制。流氓集团的首要分子，处七年以上有期徒刑。"

1983年秋天，流氓罪迅速成为打击的重点。

1983年9月2日第六届全国人民代表大会常务委员会通过了《关于严惩严重危害社会治安的犯罪分子的决定》（现

已失效，以下简称《决定》），《决定》将许多犯罪的刑罚提高到死刑，其中就包括流氓罪，"流氓犯罪集团的首要分子或者携带凶器进行流氓犯罪活动，情节严重的，或者进行流氓犯罪活动危害特别严重的"，"可以在刑法规定的最高刑以上处刑，直至判处死刑"。

从此，流氓罪的刑度被提高到死刑，与故意杀人罪相同。同时，《决定》在溯及力上采取从新原则，流氓罪的打击范围被扩大了。由于流氓罪构成要素之一的"情节恶劣"缺乏明确的法律标准，许多在今天看来根本不是犯罪的行为都被网罗进去，其中最为常见的就是所谓的生活作风问题。

除了文章开头提及的迟志强案，另外一个引起轰动的案件是西安的"马某某案"。

马某某是家庭舞会的组织者，作风开放。以前派出所找过她，询问舞会的情况。马某某一口气讲述了数百个一起跳过舞的男女，有些男人还和她有过更亲密的关系。派出所的本意是警告她，使她不要太招摇，没有想到马某某"肆无忌惮"，又没有明确的法律能够制约她，只好作罢。1983年"严打"开始，警方不仅将马某某收监，还陆续抓审了三百多人，轰动一时。

这案子太大，审理一时难以完结，躲过了"严打"最高峰，直到1984年才结案。但即便如此，以马某某为首的三个人还是被判处了死刑立即执行，另有三名死缓和两名无期徒刑，有期徒刑则更多了。①

流氓罪曾经的扩大化是一个不争的事实。当时《刑法》第一百六十条对流氓罪规定的不明确，司法实务部门在执法过程中极大发挥了流氓罪的"口袋"功能，大量的不道德行为被贴上了流氓罪的标签。比如，有的地方提出"凡与三人以上搞两性关系的即是流氓犯罪"；有的请妇女当"模特"进行绘画、雕塑等艺术创作，并无淫乱活动而被定为流氓行为；还有人看不惯青年男女在一起跳舞，把跳交谊舞、迪斯科舞与跳两步舞混为一谈，把跳两步舞和跳舞中的淫乱活动混为一谈，称之为"两步流氓贴面舞"，几乎将青年男女跳两步舞都看成流氓行为；也有不少地方对男女数人偶尔因故同宿，不问有无淫乱活动，一律加以"同宿同好"或"同宿鬼混"之罪状定为流氓集团予以打击，等等。②

流氓罪入罪标准的模糊主要体现为三点：其一，流氓罪的三种表现形式（聚众斗殴、寻衅滋事、侮辱妇女）缺乏明确的标准；其二，作为兜底条款"其他流氓活动"含义模糊；其三，作为罪与非罪区分标准的"情节恶劣"含糊不清。

---

① 古川：《家庭舞会的罪与罚》，载《时代教育》2008 年第 1 期。
② 徐汉亭：《关于流氓罪定性的几个问题》，载《西北政法学院学报》1985 年第 1 期。

在理论界和实务界的呼吁下,1984年11月2日最高人民法院、最高人民检察院出台了《关于当前办理流氓案件中具体应用法律的若干问题的解答》(现已失效,以下简称《解答》)。该司法解释在一定程度上明确了流氓罪的罪与非罪,此罪与彼罪的界限。

流氓罪的分解

由于流氓罪包含了太多具有道德色彩的词汇,所以无论最高司法机关的司法解释多么详细,都很难区分它与一般违反道德行为的界限,加上"其他流氓活动"这个包容性极大的"口袋",导致流氓罪的打击面过宽。当时有种说法"流氓罪是个筐,什么都可以往里装"。

1988年至1991年,全国人大常委会法制工作委员会刑法室对如何修改流氓罪多次征求司法部门的意见。修改方案逐渐变为两种:一个是继续保留流氓罪,修改、补充其具体罪状的内容,以便定罪量刑时掌握;另一个是取消流氓罪,将流氓罪这个"大口袋"分解为若干独立的罪名。

最高人民法院刑法修改小组曾同意第一种修改方案,但最终改为同意第二种修改方案。1991年,该小组写出一份修改流氓罪的书面建议稿。建议稿中说,"流氓"这个概念不科学,理解上易生歧义,不宜再作为刑法上的罪名来使用。

建议稿设想将流氓罪分解为六个罪名,即聚众斗殴罪、寻衅滋事罪、强制猥亵妇女罪、猥亵儿童罪、侮辱妇女罪、聚众淫乱罪。分解后的罪名,法定最高刑应有控制,不宜过高。如果嫌犯应判处无期徒刑或者死刑的重罪,按数罪并罚处理。建议稿又提出,有些刑法上原无明文规定的行为,过去划入流氓罪这个"大口袋"是欠妥的,可以通过刑法其他条文的补充予以解决。①

1997年3月14日,新的《刑法》通过,流氓罪这个"口袋"终于被取消。原来司法解释中某些仅属道德范畴的生活作风行为被除罪化。相关刑法规定及司法解释有关流氓罪的内容被分解为聚众斗殴罪(第二百九十二条)、寻衅滋事罪(第二百九十三条)、聚众淫乱罪和引诱未成年人参加聚众淫乱罪(第三百零一条)、盗窃、侮辱、故意毁坏尸体、尸骨、骨灰罪(第三百零二条)、强制猥亵、侮辱妇女罪以及猥亵儿童罪(第二百三十七条)等,新分解出的罪名全部废除了死刑和无期徒刑。

并未消失的流氓罪

流氓罪被分解之后,围绕它的争论实际上并未随之消

---

① 周珏:《刑事司法解释工作纪事》,载《人民法院报》2008年8月2日。

失，只不过转嫁到新的罪名之中。这主要集中在仍然具有模糊性的寻衅滋事罪和聚众淫乱罪。

1997年《刑法》第二百九十三条规定了寻衅滋事罪，"有下列寻衅滋事行为之一，破坏社会秩序的，处五年以下有期徒刑、拘役或者管制：（一）随意殴打他人，情节恶劣的；（二）追逐、拦截、辱骂他人，情节恶劣的；（三）强拿硬要或者任意损毁、占用公私财物，情节严重的；（四）在公共场所起哄闹事，造成公共场所秩序严重混乱的。"这四种罪状基本源于1984年《解答》的规定。以往流氓罪的缺陷，改头换面转移到寻衅滋事罪中来。

此罪内容比较宽泛且大量使用了诸如"随意""任意""情节恶劣""情节严重""严重混乱"等模糊性词语，司法机关对本罪的认定产生了许多困难，成为司法实践中一个新的"口袋罪"。与流氓罪这个"大口袋罪"相比，很多人将寻衅滋事罪戏称为"小口袋罪"。

有关寻衅滋事罪的争论，在很大程度上都是以往流氓罪争论的延续，如寻衅滋事罪的成立标准，它与故意伤害、抢劫、敲诈勒索等罪的区别等。

随着讨论的深入，围绕着寻衅滋事罪，出现废止与保留两种截然相反的观点。

一种观点认为应该废除寻衅滋事罪，将其适当地分解到其他犯罪中。如有论者指出，寻衅滋事罪欠缺必要性和正当性，其构成要件不具有独特性，司法适用也缺乏可操作性。

论者认为，要消除这些矛盾须从立法上废止寻衅滋事罪。寻衅滋事罪废止后，寻衅滋事罪的四种不同形式的行为可分别由以下的法律、法规来予以规范：

"随意殴打他人，情节恶劣的。"对于殴打他人造成他人重伤或者轻伤的，可以故意伤害罪处理；殴打他人造成轻微伤的，可依照《治安管理处罚法》等进行行政处罚。

"追逐、拦截、辱骂他人，情节恶劣的。"对侮辱他人情节严重的，应当以侮辱罪处理；较轻的依照《治安管理处罚法》等进行行政处罚。

"强拿硬要或者任意损毁、占用公私财物，情节严重的。"这可分别按抢劫罪和故意毁坏财物罪的相关规定进行处理；情节较轻的，可依照《治安管理处罚法》等进行行政处罚。

"在公共场所起哄闹事，造成公共场所秩序严重混乱的。"其中，聚众扰乱公共场所秩序的，可以聚众扰乱公共场所秩序罪来处理；情节较轻的，依照《治安管理处罚法》等进行行政处罚。[1]

---

[1] 王良顺：《寻衅滋事罪废止论》，载《法商研究》2005 年第 4 期。

另一种观点则认为应该保留寻衅滋事罪，这也是学界的多数见解。权威学者指出，《刑法》第二百九十三条的规定具有明显的补充性质，其所补充的不是某一个罪，而是相关的多个罪。没有必要过分注重寻衅滋事罪与其他犯罪的区别，而应善于运用想象竞合犯的原理，从一重罪处理即可①。

在这两种观点之间，还有一种保留但限制的折中立场。这种立场主要是从历史解释的角度，希望用流氓动机来限制寻衅滋事罪的适用，认为构成此罪必须"事出无因"，应出于"精神空虚、内心无聊、好恶斗勇"的动机实施寻衅滋事行为。这种立场在客观上部分限制了寻衅滋事罪的扩张适用。但严格说来，"流氓动机"太过模糊，用一个模糊性的标准不太可能真正限制一个模糊性罪名扩大化，因此限制说滑向扩张的斜坡也只是时间问题。

2011年2月25日通过的《刑法修正案（八）》不仅没有弱化寻衅滋事罪，反而提高了此罪的法定刑，最高刑由5年提高到10年——纠集他人多次实施寻衅滋事行为，严重破坏社会秩序的，处5年以上10年以下有期徒刑，可以并处罚金。

在寻衅滋事罪存废的讨论中，赞成论大获全胜。

---

① 张明楷：《寻衅滋事罪探究》，载《政治与法律》2008年第1、2期。

另一个引起争论的罪名是聚众淫乱罪。

1997年《刑法》第三百零一条第一款规定了聚众淫乱罪——"聚众进行淫乱活动的,对首要分子或者多次参加的,处五年以下有期徒刑、拘役或者管制。"

这个罪名直接来源于1984年《解答》所规定的"聚众进行淫乱活动(包括聚众奸宿)危害严重的主犯、教唆犯和其他流氓成性、屡教不改者……"在1997年《刑法》修改时,聚众淫乱的最高刑从以前的死刑降低到五年。

在刑法学界,对于此罪,并没有太多争论,但是在社会学界,却有学者提出了强烈的批评。

关于聚众淫乱罪,有个案例值得一提。2005年9月15日,36岁的家庭主妇张某在家中利用计算机通过ADSL拨号上网,以"E话通"的方式,用视频与多人共同进行裸聊时,被北京治安支队民警与分局科技信通处民警抓获。① 此案的定性,引起了极大争议。第一种意见认为裸聊行为构成了传播淫秽物品罪;第二种意见认为裸聊行为应当构成聚众淫乱罪;第三种意见认为裸聊是纯个人行为。

---

① 《北京检察机关因无定罪依据撤诉首例网上裸聊案》,载中国网,http://www.china.com.cn/law/txt/2007-04/16/content_8119629.htm,最后访问时间:2020年8月19日。

检察机关最后以聚众淫乱罪提起公诉。但案件起诉到法院以后，法院认为很难入罪，检察院于 2007 年 2 月撤回了起诉。①

张某最终重获自由，一纸文书似乎宣告了她的人生并无污点。但在身陷囹圄的那些日子里，她是否曾感到后悔，又或者为检察机关的过度反应感到愤怒？《铁窗泪》或许余音犹存，但无论如何都是几十年前的旧旋律了。

"口袋罪"很容易成为学界研究的焦点，主要是因为它与法治所追求的对公权力的约束有冲突。对民众而言，"法无禁止即自由"；对公权力来说，"法无授权即禁止"。如果法律规定模糊不清，那么公权力就会成为脱缰的野马。

人们很容易在自己所看重的事情上附加不着边际的价值，将自己幻化为正义的代表。但正如尼采所说：与恶龙缠斗过久，自身亦成为恶龙；凝视深渊过久，深渊将回以凝视。所以法治从不对权力报以良善的假设，因为权力导致腐败，绝对权力倾向于绝对腐败。相比于犯罪，不受约束的公权力可能会带来更大的危害。

因此，如果一种罪名在统计学意义上不断制造着冤假错

---

① 《北京首例裸聊案引定罪难题　专家吁尽快完善立法》，载中国新闻网，http：//www.chinanews.com/sh/news/2007/04-17/917289.shtml，最后访问时间：2020 年 3 月 1 日。

刑法罗盘

深渊回以凝视

案，腐蚀着法治的根基，伤害着民众朴素的良知，那么这个罪名就应当被取缔。① 流氓罪的历史变迁算得上一个小型的标本，从中可以窥探中国法治发展的进程。

---

① 参考汪庆华：《通过司法的社会治理：信访终结与寻衅滋事》，载《浙江社会科学》2018年第1期。

寻衅滋事罪应当废除

一位八旬老妪获刑两年半，申请保外就医被拒，让寻衅滋事这个罪名再次进入公众视野。

保外就医的一个重要条件是"生活不能自理"，据河北省监狱管理局曾发布的通告：该犯的实际状况不符合此条件，不能保外就医。[①]

对于监狱的声明，笔者不敢妄作评论。对于老妪所犯的寻衅滋事罪，却值得商讨。

根据河北省承德市（2016）冀 08 刑终 348 号刑事裁定书："2014 年至 2016 年 7 月，为了制造影响，被告人关某某带领被告人李某某（系关某某母亲）多次……抛撒传单，反映其家山林土地被占及其女儿关某某被判刑（亦因寻衅滋事罪被判三年）系冤枉等无理诉求。李某某因抛撒大量上访材

[①] 2019 年 1 月 25 日李某某获准假释出狱进行社区矫正，3 月 21 日解除社区矫正，参见《河北"保外就医遭拒"的八旬老太被解除社区矫正》，载中国新闻网，http://www.chinanews.com/gn/2019/03 - 21/8786312.shtml，最后访问时间：2020 年 8 月 19 日。

料，扰乱公共秩序。"

寻衅滋事罪是我国《刑法》第二百九十三条规定的一种犯罪。第一款规定如下："有下列寻衅滋事行为之一，破坏社会秩序的，处五年以下有期徒刑、拘役或者管制：

"（一）随意殴打他人，情节恶劣的；

"（二）追逐、拦截、辱骂、恐吓他人，情节恶劣的；

"（三）强拿硬要或者任意损毁、占用公私财物，情节严重的；

"（四）在公共场所起哄闹事，造成公共场所秩序严重混乱的。"

李某某构成寻衅滋事罪的依据是，"在公共场所起哄闹事，造成公共场所秩序严重混乱的"。

寻衅滋事与"口袋罪"

寻衅滋事罪存在的最大问题是它的模糊性。这个罪名是从1979年刑法的"大口袋"——流氓罪而来（聚众斗殴，寻衅滋事，侮辱妇女或者进行其他流氓活动，破坏公共秩序，情节恶劣的行为，其刑罚最高为死刑）。之所以称流氓罪为"口袋罪"，是因为这个罪的内涵太杂太模糊，几乎可以涵盖社会生活中的一切不轨。

1997年刑法确定了罪刑法定原则。为体现罪刑法定所倡导的明确性，流氓罪被分解为多个具体罪名，如聚众斗殴罪、聚众淫乱罪、强制猥亵、侮辱罪、寻衅滋事罪等。但非常遗憾的是，寻衅滋事罪又成了一个新的"口袋罪"。这个罪的内容非常宽泛，且大量使用了诸如"随意""任意""情节恶劣""情节严重""严重混乱"等模糊性词语，而很难确定此罪所针对的具体行为。

揣摩此罪的立法意图，或许是为了弥补其他罪名的打击不足，作为一个堵截式的罪名兜底适用，与流氓罪的立法用意如出一辙。这不由让人想起了孟德斯鸠的那句论断：

"当法律已经把事物的观念很明确地加以定位之后，就不应该再回到那些含糊不清的表达方式上来。路易十四的刑事法令就是如此，在精确地列举了国王的案件之后又加上了这样一句话：'以及那些始终都由国王的法官审理的案件。'人们刚刚走出专横的境域，但又被马上推了回去。"[①]

在理论界，一直有废除寻衅滋事罪的声音，有相当多的学者认为该罪违反了罪刑法定原则，应予废止。但是也有学者为之辩护，认为该罪可以实现处罚的兜底性，弥补其他罪名的打击不足。

---

① ［法］孟德斯鸠：《论法的精神（下）》，张雁深译，商务印书馆 2009 年版，第 297 页。

比如，"随意殴打他人，情节恶劣的"是对故意伤害罪的补充。故意伤害罪的入罪门槛要达到轻伤程度，殴打他人造成轻微伤的，本来可依《治安管理处罚法》进行行政处罚，但如果司法机关觉得这样做阻遏社会危害性力度不够，就可考虑定为寻衅滋事罪。

又如本案李某某所涉的"在公共场所起哄闹事，造成公共场所秩序严重混乱的"，显然是对聚众扰乱公共场所秩序罪的兜底。聚众扰乱公共场所秩序罪不仅要"聚众扰乱车站、码头、民用航空站、商场、公园、影剧院、展览会、运动场或者其他公共场所秩序，聚众堵塞交通或者破坏交通秩序"，同时还要"抗拒、阻碍国家治安管理工作人员依法执行职务，情节严重的"。李某某在敏感区域散发传单很难解释为"抗拒、阻碍国家治安管理工作人员依法执行职务"，如果硬要给她"摊上个罪名"的话，那就只有寻衅滋事了。

笔者一直主张废除寻衅滋事罪，不仅因为它在理论上有违罪刑法定的原则，更因为在实践中，其模糊性往往成为打击弱势群体的杀威棒，不断销蚀着法律的根基。

遗憾的是，在有关寻衅滋事罪存废的讨论中，赞成论大获全胜。

2011年2月25日通过的《刑法修正案（八）》不仅没有弱化寻衅滋事罪，反而提高了此罪的法定刑，最高刑由

5年提高到10年；纠集他人多次实施寻衅滋事行为，严重破坏社会秩序的，处5年以上10年以下有期徒刑，可以并处罚金。

关于李某某寻衅滋事的认定

或许是考虑到这项罪名的标准过于模糊，所以曾有一种观点认为，成立此罪必须看行为人在主观上是否存在无事生非的"流氓动机"，也即"精神空虚、内心无聊、逞强争霸、好恶斗勇"等。如最高人民法院2005年6月8日《关于审理抢劫、抢夺刑事案件适用法律若干问题的意见》指出："寻衅滋事罪是严重扰乱社会秩序的犯罪，行为人实施寻衅滋事的行为时，客观上也可能表现为强拿硬要公私财物的特征。这种强拿硬要的行为与抢劫罪的区别在于：前者行为人主观上还具有逞强好胜和通过强拿硬要来填补其精神空虚等目的，后者行为人一般只具有非法占有他人财物的目的……"

2013年《最高人民法院、最高人民检察院关于办理寻衅滋事刑事案件适用法律若干问题的解释》（以下简称《寻滋解释》）部分修改了传统的无事生非动机论。该解释虽然也指出，行为人为寻求刺激、发泄情绪、逞强耍横等，无事生非，实施《刑法》第二百九十三条规定的行为的，应当认定为"寻衅滋事",但是同时又给出了许多例外——其中一个重要的例外,就是"破坏社会秩序的除外"。上访当然是事出有因,而非无事生非,但鉴于违法上访可能"破坏社会秩序",所以自然也可以此罪打击。

根据《刑法》的规定,如果要成立"在公共场所起哄闹事"型的寻衅滋事罪,司法机关必须证明这种行为造成公共场所秩序严重混乱。《寻滋解释》对此的说明是:在车站、码头、机场、医院、商场、公园、影剧院、展览会、运动场或者其他公共场所起哄闹事,应当根据公共场所的性质、公共活动的重要程度、公共场所的人数、起哄闹事的时间、公共场所受影响的范围与程度等因素,综合判断是否"造成公共场所秩序严重混乱"。

根据这个解释,不能仅仅因为地点本身的特殊就得出"造成公共场所秩序严重混乱",而是要考虑诸多因素进行综合判断。因此,法院仅仅因为李某某多次到敏感区域周边抛撒传单的行为本身就作出如此认定,理由太过单薄。

法院认定李某某构成犯罪的重要证据是公安机关的相关处罚:李某某曾因在重要地区散发传单被当地公安机关行政处罚三次,训诫四十二次。

《治安管理处罚法》第二十六条规定:下列行为可以进行行政处罚,其一是"其他寻衅滋事行为"。这比刑法更加模糊。但是，值得注意的是，《治安管理处罚法》中对寻衅滋事的处罚并不要求"造成公共场所秩序严重混乱"。那又如何能够仅仅根据行政处罚的结论，就径自得出李某某的抛撒传单的行为造成了公共场所秩序严重混乱的后果呢？这份裁定书对此问题几乎没有任何说明。

寻衅滋事罪的法条规定本身就比较模糊，立法者的结果入罪模式原本是为了让这个模糊性的罪名具有一定的明确性，而如果这种相对明确性都被忽视，那这个罪名几乎就成为"欲加之罪，何患无辞"的代名词了。

"游荡法案"

笔者想起了美国的"游荡法案"。20 世纪 70 年代初，美国佛罗里达州杰克森维尔市有一条"禁止游荡法"，限制在该市活动的人包括：流民和流浪者、四处乞讨的行为放荡之人、一般赌徒、一般酗酒者、一般夜行人、无合法目的或目标四处游荡之人、惯常游手好闲之人、有工作能力但惯常依赖妻子或未成年子女生活之人……"游荡者"的定义宽泛，几乎无所不包。一日，警方根据这条法规，将同车在该市活动的两名白人女子和两名黑人男子逮捕。四人不服，官司一路打到美国联邦最高法院。最高法院以游荡法规违宪为名撤销下级法院的判决。

美国联邦最高法院撤销判决的理由是美国宪法中的正当程序条款。正当程序条款规定，政府剥夺人民的生命、自由和财产，必须依照法定正当程序。在有关正当程序条款的判例上，有一个"因意旨含混故属无效"的原则，该原则认为政府如果要限制公民的私人行为，所凭借的法律依据必须是意旨明白、清晰无误的规则，否则政府等于可以毫无顾忌地仰仗不受拘束的裁量权去为所欲为。帕帕克里斯多案的判决，正是以"意旨含混故属无效"为原则，宣布杰克森维尔市"禁止游荡法"违宪。

法官认为，一般人无从得知该市有这样一种法规，而且即使知道也无法从定义过广的条款中清楚地辨明法规的意旨。再进一步说，这种游荡行为按现代标准根本当属无罪。在这份由道格拉斯大法官主笔的判词里，他以特有的个人风格写下如此罕见的句子：

四处游荡是诗人惠特曼①所讴歌的行为……素来是怡情的人生小品，如何能以此入人于罪？

判决书中指出，"禁止游荡法"的规定不能明确而公允地让人知道哪种行为属于违法，它使得警方和检察机关可以借此而任意对不受欢迎的人进行逮捕，违反了法治所保障的

---

① 美国著名诗人，著有《草叶集》。

平等正义精神，应属违宪。①

"意旨含混故属无效。"明确性原则是罪刑法定原则的重要派生，犯罪和刑罚的规定不仅要事先公开，而且还应尽可能地明确。一种含糊的规定，就像黑暗的灯塔，让人无法找到前行的方向，也给予了司法机关太多的权力，很容易导致司法擅断，颠倒黑白。

法律规则的过度模糊会引发可怕的后果。

首先，它剥夺了民众的合理预期，民众不知行为合法、非法的边界，以致惶惶不可终日。合理预期是动物的基本天性。笔者曾提到过对一个白鼠的试验：铁笼中养着一只白鼠，左右各开一小门，左边放着一根通电的棍棒，右边放着一块蛋糕，科学家用木棍驱赶老鼠，经过几次训练，白鼠习惯了右跑，一看到木棍，就会主动往右跑。此时，试验者把食物和棍子对调，白鼠往右跑时，等待它的变成敲打鼻子的痛苦，慢慢地它又学会向左跑，试验者再次对调食物与棍子。几次对调后，试验者发现，不论用什么刺激白鼠都不愿再跑——它已经疯了。白鼠之所以发疯，是因为失去了对未来的合理预期，它不知道世界为什么突然变了。对未来的合理预期，是所有生物存活的基本条件。作为万物之灵的人类

---

① 周天玮：《法治理想国》，商务印书馆1999年版，第122~123页。

更是需要合理预期，法律必须保障人们的这种需要，让人免于恐惧。

其次，模糊性的法律很难避免司法官员根据自身偏好进行选择性执法，任意出入人罪。在某种意义上，它赋予了执法机关以绝对的权力去任意解释"寻衅滋事"。然而，绝对权力往往导致绝对腐败。

从政策角度来看，"口袋罪"的价值取向本是为了社会稳定，但是，模糊的法律最终会让人无所适从，牺牲了公民个人的权利，反而让社会更加不安。

历史的教训告诉我们，只有明确的法律才能保障公民的合理预期，而这是自由的关键。

当法律模棱两可时，人们无法预知行为后果，司法者适用法律中则任凭主观好恶随意解释，那任何人甚至包括司法者自己的自由也都岌岌可危了。

再论寻衅滋事罪的废止

因街头涂鸦，20岁的广东肇庆小伙丁某，先是被公安机关以"故意毁坏财物罪"刑拘，随即又被公诉机关以"寻衅滋事罪"起诉。① 此案让寻衅滋事罪又一次走入公众视野，也让人又一次备感错愕。

笔者曾经多次撰文，呼吁废除寻衅滋事罪。

寻衅滋事罪是一个"口袋罪"，最大特点是模糊，而模糊导致法律适用的任性与随意。在某种意义上，它赋予执法机关以绝对的权力去任意解释"寻衅滋事"，说白了，几乎没有什么行为是寻衅滋事的"手掌"拍不到的。

从政策角度看，"口袋罪"的存在是为了维护社会稳定，"刑不可知，则威不可测"。但这只是硬币的一面，在另一面，模糊的法律让人无所适从，进退失据，投射到整个社会层面便成了失序和动荡。

---

① 《涂鸦少年的"炸街"风波》，载新京报网，http://www.bjnews.com.cn/inside/2018/12/14/530516.html，最后访问时间：2020年8月19日。

历史上有不少著名的"口袋罪",如我国曾经的"流氓罪"。许多今天我们看来"平常"的行为,曾经一段时期就可能被定为流氓罪,判以徒刑甚至死刑。

除了模糊性,寻衅滋事罪的另外一个问题是体系性失衡。本罪的基本刑是五年以下有期徒刑、拘役或者管制,情节严重的可以判处五年以上十年以下有期徒刑。这种兜底罪名很容易导致轻罪重判、重罪轻判,与罪刑相当原则相抵触。

肇庆涂鸦事件就是一个典型。广东省故意毁坏财物罪的认定标准是经济损失5000元以上,检察机关最初认为丁某涂鸦造成财物损失共计5638元。但律师认为检察机关出具的价格认定书明显不合理,有几处价格认定和实际损失相差10倍,所以他们提出实际损失不足5000元,故意毁坏财物罪不成立。但是检察机关很快变更了罪名,定为寻衅滋事罪,该罪定罪标准较低,只要造成损失2000元以上,就可以追究刑事责任。

故意毁坏财物罪是《刑法》第二百七十五条规定的犯罪,"故意毁坏公私财物,数额较大或者有其他严重情节的,处三年以下有期徒刑、拘役或者罚金;数额巨大或者有其他特别严重情节的,处三年以上七年以下有期徒刑。"

比较起来,故意毁坏财物罪无论是基本刑,还是加重刑都比寻衅滋事罪要轻，但这样一来就出现了一个诡异的结果：数额更高的可以认定为轻罪，而数额更低的则会被认定为重罪。轻罪重判，重罪轻判，这不仅违反罪刑相当原则，也与民众朴素的道德良知相抵触。

丁某案所反映的体系失衡并非一个孤证。2019年"十一"假期期间，流浪汉平某某在西湖边圣塘景区石碑上刻"杭州西湖"四个字留念，公安机关后以寻衅滋事罪将其拘捕。公安机关适用条款也是寻衅滋事罪中的"任意损毁……公私财物，情节严重的"。①

对于这类毁损行为，除了故意毁坏财物罪以外，刑法中还有两个相关的犯罪。

一是《刑法》第三百二十四条第一款规定的故意损毁文物罪："故意损毁国家保护的珍贵文物或者被确定为全国重点文物保护单位、省级文物保护单位的文物的，处三年以下有期徒刑或者拘役，并处或者单处罚金；情节严重的，处三年以上十年以下有期徒刑，并处罚金。"

二是同条第二款规定的故意损毁名胜古迹罪："故意损毁国家保护的名胜古迹，情节严重的，处五年以下有期徒刑

---

① 《流浪汉涉嫌寻衅滋事被拘》，载新浪网，http：//news.sina.com.cn/o/2018-10-09/doc-ihkvrhpt1878409.shtml，最后访问时间：2020年8月19日。

或者拘役，并处或者单处罚金。"

《最高人民法院、最高人民检察院关于办理妨害文物管理等刑事案件适用法律若干问题的解释》规定："全国重点文物保护单位、省级文物保护单位的本体，应当认定为刑法第三百二十四条第一款规定的'被确定为全国重点文物保护单位、省级文物保护单位的文物'"，"风景名胜区的核心景区以及未被确定为全国重点文物保护单位、省级文物保护单位的古文化遗址、古墓葬、古建筑、石窟寺、石刻、壁画、近代现代重要史迹和代表性建筑等不可移动文物的本体，应当认定为刑法第三百二十四条第二款规定的'国家保护的名胜古迹'。"

公安机关之所以对平某某适用寻衅滋事罪这个"兜底罪名"，就是考虑到其所损毁财物没有达到故意毁坏财物罪的立案标准，同时被毁损物既非文物，也非国家保护的名胜古迹。因此，对平某某既不能适用故意毁坏财物罪，也不能适用故意损毁文物罪和故意损毁名胜古迹罪。

从体系性的角度，既然毁损行为的价值较低，同时又非文物、名胜古迹等特定物，那么其行为的社会危害性自然要小于上述三罪，但是如果以兜底罪——寻衅滋事罪论处，其刑罚却可能要高于上述三罪。这显然与罪刑相当原则明显冲突。

在某种意义上，如果行为人知法懂法，还不如实施更为严重的毁损的行为，这样反而会被轻判。

严格说来，寻衅滋事罪也并非一无是处，作为补充性罪名，它可以最大效率地实现刑法的惩罚功能。但是，其模糊性与罪刑法定原则存在巨大的冲突，以致不可避免地在司法实践中被滥用。同时，兜底罪也导致它与其他具体罪名的体系冲突，无法通过罪刑相当原则的审视。

因此，本罪应当如流氓罪一样被继续分解，分解为符合明确性原则的具体罪名。刑法中的故意伤害罪、抢劫罪、故意毁坏财物罪、聚众扰乱公共场所秩序罪等具体罪名都可以实现对相关行为的打击。如果认为这些罪名无力打击所有的犯罪行为，那么应该做的是扩张这些具体罪名的"犯罪圈"，而不是设一个"口袋"来制造新的麻烦。比如，立法者如果觉得大量的故意伤害致人轻微伤的行为有必要规定为犯罪，那就可以在故意伤害罪中增设轻微伤的情节。

为什么网络发帖不宜以寻衅滋事论处？

因在网上发帖被控寻衅滋事，此类案件时有发生，[1] 这种现象令人担忧。

互联网不是法外之地，自由当有约束。但是，权力也不应过于任性，随性而为。

寻衅滋事罪本是一个非常模糊的罪名，而《刑法》第二百九十三条第一款第四项规定的"在公共场所起哄闹事，造成公共场所秩序严重混乱的"更是无比模糊。

从技术主义的角度，只要行为发生在公共场所，引起多人围观，都有可能触犯寻衅滋事。比如有人兴之所至，在公共场所大声高歌，多人驻足，造成交通堵塞；又如某人着奇装异服进入公园赏花，引人围观，凡此种种，似乎都符合寻衅滋事罪的形式要件。

而如果将"网络"解释为"公共场所"，寻衅滋事的打

---

[1] 参见《网络发帖辱骂法官 以寻衅滋事罪被判刑二年》，载中国法院网，https：//www.chinacourt.org/article/detail/2019/08/id/4322271.shtml，最后访问时间：2020 年 8 月 19 日。

击范围就更为宽广，几乎一切在网络上发表的言论图片，引起多人点击转发的，都可能进入寻衅滋事罪的法网。

2013年发布的《最高人民法院、最高人民检察院关于办理利用信息网络实施诽谤等刑事案件适用法律若干问题的解释》（以下简称《网络诽谤解释》）就采取了这种立场。该解释第五条第二款规定："编造虚假信息，或者明知是编造的虚假信息，在信息网络上散布，或者组织、指使人员在信息网络上散布，起哄闹事，造成公共秩序严重混乱的，依照刑法第二百九十三条第一款第（四）项的规定，以寻衅滋事罪定罪处罚。"

不过，《网络诽谤解释》从出台伊始，就受到学界的批评。有学者认为，公共场所是公众可以自由出入的场所，既包括言论的出入，也包括身体的出入，而在网络空间中，身体无法自由出入。① 因此，将网络空间解释为公共场所似乎很难通过罪刑法定原则的审视。

值得注意的是，2015年11月1日实施的《刑法修正案（九）》与《网络诽谤解释》作出了不同的规定。该修正案在《刑法》第二百九十一条之一中增加一款作为第二款，规定了编造、故意传播虚假信息罪这个新的犯罪，"编造虚假

---

① 张明楷：《刑法学》，法律出版社2016年版，第1066页。

的险情、疫情、灾情、警情,在信息网络或者其他媒体上传播,或者明知是上述虚假信息,故意在信息网络或者其他媒体上传播,严重扰乱社会秩序的,处三年以下有期徒刑、拘役或者管制;造成严重后果的,处三年以上七年以下有期徒刑。"

原《刑法》第二百九十一条之一第一款规定了编造、故意传播虚假恐怖信息罪,其罪状是编造爆炸威胁、生化威胁、放射威胁等恐怖信息,或者明知是编造的恐怖信息而故意传播,严重扰乱社会秩序的。《刑法修正案(九)》增加的编造、故意传播虚假信息罪所编造、传播的则是虚假恐怖信息以外的其他虚假信息,这弥补了原《刑法》规定的不足。

编造、故意传播虚假信息罪的罪状完全吸收了《网络诽谤解释》的相关内容,但定罪不同,故可以合理地认为,如今应当适用新的法律的相关规定。按照现行《刑法》的规定,虚假信息包括虚假的恐怖信息和其他虚假信息,在网上发布这些虚假信息不再构成寻衅滋事罪。

寻衅滋事罪的基本刑是五年以下有期徒刑、拘役或者管制,加重刑可到五年以上十年以下有期徒刑。而编造、故意传播虚假信息罪的刑罚无论是基本刑还是加重刑,都比寻衅滋事罪为轻。重罪重刑,轻罪轻刑,发布虚假信息自然比发布虚假信息以外的其他信息社会危害性更大,既然在网络上发布虚假信息只能成立较轻的编造虚假信息罪，那么发布虚假信息以外的其他信息就更不能论以较重的寻衅滋事罪。

如果将编造传播虚假信息以外的其他网络发帖行为用寻衅滋事罪予以兜底，那么整个刑法的逻辑体系就会崩溃，罪刑相当原则也就失去了意义。

值得特别说明的是，立法者在规定编造、故意传播虚假信息罪的时候，对于虚假信息仅仅列举了"险情、疫情、灾情、警情"四种特定的类型，没有像规定恐怖信息那样使用"等"进行兜底。因此，如果编造、故意传播的是这四种类型以外其他非恐怖的虚假信息，那就不构成本罪，自然也更不构成更重的寻衅滋事罪。

同时，无论是编造、故意传播虚假恐怖信息罪还是编造、故意传播虚假信息罪，两罪在主观上都必须故意为之，过失传播不构成犯罪。对于相同的事实，人们看待问题的不同角度可能得出不同的解读。这种解读即便与权威解读有所出入，也不能动辄评价为故意犯罪。

在客观上，两罪的犯罪对象必须是虚假的信息。只要某种信息的基本情况属实，即便有所夸大或者加工也不属于编造。不能因为只要存在虚构的成分，就一律认定为编造。就如化妆不同于整容。

这个世界上没有百分之百的真实，即便是24K的黄金也有杂质，不能因为所发布的信息含有虚假的成分就想当然地评价为虚假信息。如果这样，那么所有的文宣广告、热点追击似乎都是虚假的。说某某山泉有点甜，这不是欺骗，而只是一种宣传手法，但若说某某山泉可让脱发再生，就属于欺骗。宣传和欺骗的一个重要区别就在于是否足以使人产生误解。

如果一种信息并未使人产生根本性地误读误判，那就不宜认定为虚假信息

刑罚是一种最严厉的惩罚措施，不到万不得已不应轻易使用。在很多时候，谦抑应当成为司法人员的内心自觉。因此，在网络上发布的信息只有经过根本性的歪曲编造，属于法律意义上的编造虚假信息，才有治罪的必要。

当前，有人一提及网络谣言就视为洪水猛兽，但网络谣言并非法律上的规范概念，谣言不能一律认定为虚假信息。另外，谣言也并非一无是处。在中国古代，"谣言"的一种解释是民间流传的针砭时弊的歌谣和谚语。晋国名臣范文子告诫赵文子：

"吾闻古之王者，政德既成，又听于民……风听胪言于市，辨妖祥于谣，考百事于朝，问谤誉于路……先王疾是骄也。"

范文子的意思是，主事者可以在市井舆情甚至谣言中辨析民间疾苦，调整对策。

刑法罗盘

辨妖祥于谣

寻衅滋事罪是一个非常"好用"的罪名，但正是因为它的"好用"，它要受到法律严格的约束。既然立法者已经明确废除了司法解释的相关规定，那么司法机关就应该严格遵照法律的新规，抛弃既往的错误，维护法治的尊严。

罗生门之判

警察与律师

——罗生门之判

据媒体报道，广州女律师孙某某自称于 2018 年 9 月在派出所内遭到警方"碰瓷"式执法，并被要求脱衣接受检查。

按照孙律师的说法，她初次代理刑案，为当事人申请取保候审。在派出所等候多时，一名陈姓警察将自己的工作证甩向她，孙律师随后举手遮挡，遭到警察指控其"袭警"，进而被"施暴"。随后，孙律师更被要求脱衣服接受检查，裸身过程持续 20 分钟左右，并按照要求进行拍照、打指模和验尿，还接受了约 6 小时的讯问，直至当晚 11 时 50 分才被释放。

事后广州警方发布通告称，"督察部门展开认真调查，通过调取翻查视频录像、走访询问相关人员等，不存在孙某某等三人被民警殴斗和羞辱的情况。"[1]

---

[1] 参见《女律师称遭"脱衣检查"督察部门：不存在》，载中国新闻网，http://www.chinanews.com/sh/2018/10-11/8646701.shtml，最后访问时间：2020 年 8 月 19 日。

双方各执一词，俨然一出罗生门。

如果警方通告为真，那么孙律师就涉嫌诽谤罪和编造、故意传播虚假信息罪。前者是亲告罪，不告不理，涉案民警可以直接到人民法院提起刑事自诉，如果罪名成立可处三年以下有期徒刑、拘役、管制或者剥夺政治权利。

而后罪是公诉案件，是《刑法修正案（九）》增加的新罪名，"编造虚假的险情、疫情、灾情、警情，在信息网络或者其他媒体上传播，或者明知是上述虚假信息，故意在信息网络或者其他媒体上传播，严重扰乱社会秩序的，处三年以下有期徒刑、拘役或者管制；造成严重后果的，处三年以上七年以下有期徒刑。"作为法律工作者，知法犯法，更应当受到法律的严惩。

但如果孙律师所言不假，那么涉案民警也必须依照法律严肃处理，这也符合从严治警这一人民警察队伍建设的基本方针。

刑法历来对于针对公职人员的犯罪采取高压态势。而诬告反坐，是中国古代刑法对陷害犯罪的基本处断原则，针对执法者的故意诬告更是罪加一等。现行《刑法》虽然取消了诬告反坐的规定，但对于公职人员的故意构陷从来都要科以严厉的刑罚。

根据法律规定，暴力袭警是非常严重的犯罪，《刑法》

第二百七十七条规定了妨害公务罪，以暴力、威胁方法阻碍国家机关工作人员依法执行职务的，处三年以下有期徒刑、拘役、管制或者罚金。同时，《刑法修正案（九）》特别规定：暴力袭击正在依法执行职务的人民警察的，依照前款的规定从重处罚。

法治社会要培养民众对权威和规则的合理尊重，因此对于执法者的人身攻击要受到法律的严惩。但是，权力本身不是无度的，为了防止妨害公务罪的滥用，立法者规定了两个特别的条件：首先，对于执法者，执法行为必须依法而行；其次，对于妨害者，妨害行为必须是暴力和威胁。只有同时符合这两个条件，方才构成犯罪。

如果执法行为本身违法，或者妨害者没有采取暴力和威胁方法，那就不构成犯罪。特别说明的是，立法者在暴力、威胁方法后没有附加"其他方法"这种兜底条款，这意味着如果妨害者采取的是暴力、威胁以外的其他方法，比如横躺警车面前不让警车通过，或者在警察面前撒泼打滚阻碍公务，这都不构成妨害公务罪。

另外，既然不成立妨害公务罪，也就更不成立寻衅滋事罪。因为后者的法定刑（五年以下有期徒刑、拘役、管制）比妨害公务罪（三年以下有期徒刑、拘役、管制）更重，如果重罪轻刑，轻罪重刑，那就违反了罪刑相当这个刑法的基本原则，也偏离了最起码的正义观。

不设兜底条款的立法本意就是害怕权力者滥用此罪，对行政权和司法权进行限制。孟德斯鸠说："一切有权力的人都容易滥用权力，这是亘古不变的经验。防止滥用权力的方法，就是以权力约束权力。"权力越大，责任也就越多。

既然立法者给予了执法人员特殊的保护，那么执法者滥用权力也就要受到更重的处罚。

而如果孙律师所言不虚，涉案民警至少涉嫌三种罪名：首先是作为普通人可以构成的诬告陷害罪，其次是为公职人员设立的滥用职权罪，最后是专属司法工作人员的徇私枉法罪。

《刑法》第二百四十三条规定了诬告陷害罪，其基本法定刑为三年以下有期徒刑、拘役或管制，法律同时规定，国家机关工作人员犯本罪的，从重处罚。

诬告陷害的成立条件是捏造事实诬告陷害他人，意图使他人受到刑事追究，情节严重的。如果警察故意栽赃陷害意图让他人以妨害公务罪追究刑责自然符合此罪的成立条件，同时还要从重处罚。

至于滥用职权罪，则是专门针对国家机关工作人员规定的罪名，如果国家机关工作人员滥用职权，致使公共财产、国家和人民利益遭受重大损失的，要处三年以下有期徒刑或者拘役；情节特别严重的，处三年以上七年以下有期徒刑。

《最高人民法院、最高人民检察院关于办理渎职刑事案件适用法律若干问题的解释（一）》对重大损失做出了定义，除了人员伤亡财产损失以外，如果"造成恶劣社会影响的"也属于重大损失。如果孙律师的反映属实，陈警官的"碰瓷"行为不仅严重地损害了警界形象，也极大地伤害了律师队伍的情感，自然属于"造成恶劣社会影响的"。

同时，《刑法》还在第三百九十九条对司法工作人员专门规定了徇私枉法罪，"司法工作人员徇私枉法、徇情枉法，对明知是无罪的人而使他受追诉、对明知是有罪的人而故意包庇不使他受追诉，或者在刑事审判活动中故意违背事实和法律作枉法裁判的，处五年以下有期徒刑或者拘役；情节严重的，处五年以上十年以下有期徒刑；情节特别严重的，处十年以上有期徒刑。"

《刑法》第九十四条对司法工作人员有过明确的定义，是指有侦查、检察、审判、监管职责的工作人员。作为侦办刑事案件的警察，自然属于刑法意义上的司法工作人员。

根据孙律师的陈述，陈警官的行为可能属于徇私枉法罪中的"对明知是无罪的人而使他受追诉"，追诉是以追究刑事责任为目的进行的立案、侦查、起诉和审判活动。追诉不要求程序合法，只要事实上属于追诉即可，只要进入追诉阶段，对无罪的人实施了立案、侦查、起诉、审判任何一种行为的，就构成本罪的既遂。如果还没有进入立案程序，那么为立案所做的前期准备也可以属于刑法中的犯罪未遂，可以比照既遂从轻或减轻处罚。

如果涉案民警主张自己因为工作方法简单粗暴，对案件的定性存在错误认识，在刑法理论中，这属于评价错误，而非事实错误。评价错误与事实错误不同，事实错误是对事物本身有错误认识，比如误狼为狗进行运输，就可以排除运输珍稀濒危野生动物罪的犯罪故意，从而不构成犯罪。但评价错误是对事物法律属性的错误认识，如认为狼不属于珍稀动物而任意猎杀，或者在名胜古迹上刻字却认为这是效法古人的附庸风雅；再如在飞机发动机投掷硬币，却认为在为国家祈福。类似行为要根据社会主流的价值观进行判断，如果一般人不可能出现这种错误评价，这自然不能排除犯罪故意。一如上述三例，当然构成故意犯罪。

在本案中，如果涉案民警构成徇私枉法罪，那么他还涉嫌强制猥亵、侮辱罪和非法拘禁罪。据孙律师自称，她被要求脱衣服接受检查，裸身过程持续20分钟左右，还接受了约6小时的讯问。

对于犯罪嫌疑人的脱衣检查和限制人身自由本是一种排

除犯罪性事由，就如正当防卫一样，本来符合某种犯罪构成，但由于有正当化的理由而导致其犯罪性被排除。但是，在刑法理论中，以挑拨寻衅等不正当手段，故意激怒对方，引诱对方对自己进行侵害，然后以"正当防卫"为借口，实行加害，这种防卫挑拨行为是不成立正当防卫的。同理，恶意设套，以公权力打击犯罪为名进行加害的，也不能否定行为的犯罪性。

如果孙律师所言是真实的，那么涉案民警就利用了公权力的掩护实施了强制猥亵、侮辱妇女的行为，同时也成立非法拘禁罪。虽然孙律师是被女警察脱衣检查，但强制猥亵、侮辱罪的主体可以是男性，也可以是女性。这种行为明显侵犯了孙律师的性羞耻心，涉案民警也希望或放任这种后果的发生。根据刑法理论，如果女警察知情，那属于共同犯罪，如果女警察不知情，那也属于被利用工具，女警察不构成犯罪，但涉案民警成立强制猥亵、侮辱罪的间接正犯。

同时，根据《最高人民检察院关于人民检察院直接受理立案侦查案件立案标准的规定（试行）》规定，司法工作人员对明知是无辜的人而非法拘禁的，无论时间长短，都应当以非法拘禁罪立案调查。

司法机关对于徇私枉法罪所连带的罪名并非总是进行评价。如曾经震惊全国的甘肃缉毒警察"设套贩毒案"——

2001年，兰州曾连续"破获"三起令人震惊的"贩毒大案"，三名涉案嫌疑人先后被一审判处死刑或死缓。后都因甘肃省高级人民法院认定"疑点太多，证据不足"发回重审，并最终宣判三人无罪。随着第四起"贩毒案"的败露，公安机关发现，这四起大案居然都是缉毒警官为完成缉毒任务，获取高额奖励，而与"线人"合谋导演的栽赃陷害案。事后，缉毒警官以徇私枉法罪定罪量刑。① 但其实司法机关还遗漏了一个罪名，那就是"借刀杀人"的故意杀人罪。在刑法理论中，利用他人合法职权来实施犯罪，这也属于间接正犯。因此，缉毒警察的行为还构成故意杀人罪的未遂。

在刑法理论中，如果一个行为同时触犯多个罪名，这属于想象竞合，应当从一重罪论处。如果，孙律师所言为真，那么涉案民警至少涉嫌诬告陷害罪，滥用职权罪，徇私枉法罪，强制猥亵、侮辱罪和非法拘禁罪，应当从一重罪论处。

法治社会不仅要尊重执法者的合法权柄，也要对权力的合理牵制力量予以足够的敬重，只有两者的合力才能真正建设法治中国。司法机关与辩护律师同属法律职业，虽

---

① 参见《甘肃缉毒警官导演贩毒案 三名无辜者被追回生命》，载新浪网，http：//news.sina.com.cn/s/2004-11-04/15254143315s.shtml，最后访问时间：2020年8月19日。

然看似对立，但目标是一致的，都是为了维护法律的尊严，辩护不仅是为保护无辜公民，也是为确保司法的公正。著名作家萧乾曾很不理解为什么法庭居然允许律师为恶贯满盈的"二战"战犯进行辩护，直到自己被打成"右派"，他才恍然大悟。①

而与普通民众相比，执法人员更应严格依照法律行事。这不仅是对民众，也是对执法人员最大的关爱与保护。如果执法权力不受法律的约束，那么这种权力也就极易释放人性深处最邪恶的成分，败坏执法者的道德良知，好人难免沦为恶棍。

阳光之下无腐败，如果执法行为能够严格按照法律规范，谦卑地接受公众的监督，那么民意也会少去很多的质疑，执法行为也会更加光明正大。权力若不在阳光之下接受法律严格的约束，即便"圣人"也无法做到言行一致。

---

① 参见《萧乾谈纽伦堡审判：本身是本极好的历史教科书》，载中国作家网，http://www.chinawriter.com.cn/2012/2012-07-31/136495.html，最后访问时间：2020年8月19日。

对警权的滥用应当保持零容忍

据报道，2018年10月，湖南株洲育红小学一名三年级女孩，因迟到被何姓女教师罚站数分钟。女孩父亲，株洲渌口派出所一副所长知悉情况后，驱警车直入学校，将何姓教师带走，并关入审讯室7小时。

何老师自述："全程被人监视，限制人身自由，没给过一口水，一粒饭……从派出所出来的那一刻，泪水从来没有停止过……我从来没有因为孩子迟到，打过哪个孩子一巴掌！我勤勤恳恳教书，为什么会受到这样的待遇。"

湖南株洲市株洲县委宣传部相关负责人于2019年10月18日下午回应媒体称，情况基本属实，当地纪委已介入调查。①

同为教师，这则新闻让我感到本能的愤怒，继而是恐惧——我多次行使过教师的惩戒权，比如"毙掉"抄袭的论文，要求学生作业返工，训斥违规的学生，等等。有的学生

---

① 《女儿被罚站，派出所副所长冲进学校带走老师关押！官方通报来了》，载新浪网，http://k.sina.com.cn/article_1720962692_6693ce8402000ihfk.html，最后访问时间：2020年3月17日。

家长也是警察，甚至还是重要部门的领导，如果这些学生向家长哭诉，不知我会不会也被限制自由？

许多小学的国学课会教授《三字经》，其中有一句：教不严，师之惰。教育部《中小学班主任工作规定》第十六条也明确规定，班主任在日常教育教学管理中，有采取适当方式对学生进行批评教育的权利。

其实不只中国，世界各国也都承认教师有合理的惩戒权。比如日本《学校教育法》第十一条规定，校长和教师可以对学生进行惩戒。而普通法系甚至允许一定的教师体罚权，2006年英国《教育和检查法》允许老师通过身体接触管束不守规矩的学生，美国也有23个州的法律允许体罚。

当然，法律同时对体罚做出了详细的规范：比如，不许当着其他学生的面体罚某个学生，体罚时必须有证人在场；必须在其他教育方法都用过并无效的情况下才可以用体罚；实施体罚的老师必须考虑到孩子的性别、年龄以及身体状况，等等。

学生迟到，老师让其罚站数分钟，这本是寻常小事。当然即便是小事，家长也可以有意见，但有意见可以通过正常的家校交流渠道进行反映，而不是像这位派出所副所长这样，公然利用公权力进行打击报复。如此毫无忌惮地滥用警权的行为，令人惊诧。

据报道,有关部门经调查,确认涉事派出所副所长"违规使用公权力,决定给予记大过处分,免去副所长职务,并调离公安系统"。事情至此,似乎给了涉事女教师一个公道,可以"翻篇"了——但且慢,这位副所长所为已不仅是违纪的问题,而更是涉嫌犯罪。如果参与抓人的同僚知情,则涉嫌共同犯罪。

《刑法》第二百三十八条规定:"非法拘禁他人或者以其他方法非法剥夺他人人身自由的,处三年以下有期徒刑、拘役、管制或者剥夺政治权利……国家机关工作人员利用职权犯前三款罪的,依照前三款的规定从重处罚。"

同时,《最高人民检察院关于人民检察院直接受理立案侦查案件立案标准的规定(试行)》规定,司法工作人员对明知是无辜的人而非法拘禁的,无论时间长短,都应当以非法拘禁罪立案调查。

除此以外,滥用警权更是一种滥用职权行为。《刑法》第三百九十七条规定:国家机关工作人员滥用职权,致使公共财产、国家和人民利益遭受重大损失的,处三年以下有期徒刑或者拘役;情节特别严重的,处三年以上七年以下有期徒刑……

《最高人民法院、最高人民检察院关于办理渎职刑事案件适用法律若干问题的解释(一)》明确了:"造成恶劣社会影响的",属于重大损失。上述滥用公权力事件一则严重损害了警察形象,二则极大伤害了教师群体免于恐惧的自由,社会影响不可谓不恶劣。

这样的事情如果仅仅以"记大过"做了结,则恐怕不符合"有法可依,有法必依,执法必严,违法必究"的要求。

孟德斯鸠说:"有权力的人们使用权力一直到遇到界限的地方才休止。"而法律就是这样的界限,法治最核心的要义在于限制权力。

权力不加限制,不仅会败坏执法者的灵魂,也会导致社会道德的沦丧。

阿克顿勋爵有句话,"权力导致腐败,绝对的权力往往导致绝对腐败"。这位思想史学家在考察历史时发现,"在所有使人类腐化堕落和道德败坏的因素中,权力是出现频率最多和最活跃的因素。伴随着暴虐权力而来的往往是道德的堕落和败坏"。[1]

而一个城市或一个国家的道德水准往往与其对权力的约束成正比。只有权力被关进了笼子,普罗大众才可能保持一种较高的道德水准。反过来,如果权力不受限制,则弱肉强

---

[1] [英]阿克顿:《自由与权力》,侯健、范亚峰译,商务印书馆2001年版,第342页。

食的丛林状态将不可避免——权力成为人们唯一的崇拜，没有人会遵守规则，因为规则所能束缚的只有弱者。

在《潜规则》一书中，吴思提到"合法伤害权"的概念：一朝权在手，便把令来行，公器私用，拥权者在可以做主的范围里，利用冠冕堂皇的理由给其治下的民众以伤害。在一个看门大爷都能将"合法伤害权"用到极致的社会里，道德水准当然谈不上，而和谐就更加遥不可及了。

人们总是倾向于崇拜强权，这是人性幽暗的一面。也正因为如此，法治对权力的约束才变得如此重要；也正是在这个意义上，我们对于公权力的滥用才必须保持零容忍。

孩子需要教育，权力需要约束。株洲"滥用警权事件"还不到翻篇的时候。

一个义人的结局
——陈年旧案与追诉时效

2019年,随着"操场埋尸案"的破获,一系列扑朔迷离的旧案浮出水面,案件的残忍与邪恶没有下限。

有人担忧这些案件也许过了追诉时效,正义可能永远都无法到来。这其实是对刑法的误解。

虽然《刑法》第八十七条对犯罪的追诉时效有过具体的时间规定,比如法定最高刑为无期徒刑、死刑的,追诉时效为二十年。但是法律中还保留了一个例外规则——如果二十年以后认为必须追诉的,可以报请最高人民检察院核准追诉。

除了这个例外规则,刑法还规定了追诉时效的延长与中断。**追诉时效的延长**包括两种情况:

一是在人民检察院、公安机关、国家安全机关立案侦查或者在人民法院受理案件以后,逃避侦查或者审判的,不受追诉期限的限制。也就是说,只要司法机关启动了侦查或审判程序,犯罪人故意逃避的,那么无论过了多久都可以追诉。

二是被害人在追诉期限内提出控告，人民法院、人民检察院、公安机关应当立案而不予立案的，不受追诉期限的限制。这个条款是为了防止民众因司法机关互相推诿而告状无门，以至案件过了追诉时效。如果案件因为有司踢皮球导致时效过期，对于涉案人员就可无限期追诉。

至于**追诉时效的中断**，是指在追诉期限以内又犯罪的，前罪追诉的期限从犯后罪之日起计算。比如在"操场埋尸案"中，如果有司法机关工作人员徇私枉法，包庇罪犯，从表面看已经不在追诉时效之内，因为徇私枉法罪的追诉时效最高是 15 年。但若此人在这 15 年内犯过其他罪行，比如渎职、受贿，甚或醉酒驾车，无论轻重，都可导致追诉时效从犯新罪时重新计算。

这种中断制度甚至具有连续计算的效果。比如，行为人徇私枉法后在 2010 年又受贿的，从 2010 年可以计算追诉时效到 2025 年，但如果在 2024 年又犯新罪的，那么可以从 2024 年再计算 15 年追诉时效。

刑法中的追诉时效制度既体现了民众朴素的报应情感，也体现功利的犯罪预防。对于最严重的犯罪，追诉时效可以通过最高人民检察院的核准追诉制度无限期地追诉下去。比如安徽省的"刘永彪案"。1995 年刘永彪伙同他人在宾馆抢劫，连杀四人。22 年后归案，彼时其已功成名就，"洗白"人生，成为知名作家。① 最高人民检察院对此案核准追诉，其后被判处死刑。

这显然是报应主义的体现，对于谋杀等最严重的犯罪，无论过了多久，都应该保留无限追责的可能。与此类似的是德国刑法的相关规定，采取"特别手段杀人"的无追诉时效，其中包括连环杀人、满足特殊性癖好以及基于种族原因杀人。这也是为什么在德国可以对纳粹罪犯进行无限期追责的原因。

追诉时效的延长主要体现的是犯罪的**一般预防**理论。当司法机关已经启动追诉程序，从司法的威慑效果来说，就不应轻易终止。至于追诉时效的中断主要体现了对犯罪人的**特殊预防**。如果行为人在很长一段时间没有犯罪，证明他可能已洗心革面，重新做人，没有必要再进行处罚。毕竟对于犯罪分子，良心的折磨本身就是一种惩罚。但是，如果犯罪人在追诉期间内又犯罪的，证明其根本没有悔改。对于这种失了良心的人自然要继续追责。

---

① 《对话作家、湖州抢劫杀人疑犯刘永彪》，载《新京报》2017 年 8 月 22 日。

值得说明的是，追诉时效制度还经常和共同犯罪联系在一起。以"操场埋尸案"为例，涉案的主犯如果罪名成立，其追诉时效至少是二十年。参与此案的相关人员，无论罪行轻重，追诉时效都应与主犯保持一致。

我国《刑法》虽然对此没有明确规定，但共同犯罪理论的要义就是部分行为之整体责任。换言之，共同犯罪是一个整体，每个参与者虽只实施部分行为，但却要对整体的共同犯罪承担责任，追诉时效制度自然也要遵循共同犯罪的基本原理。

一个可以参考的例证是我国澳门特别行政区刑法典第一百一十一条第三款的规定：对于共同犯罪追诉时效期限"如属从犯，必须以正犯所作之事实为准"。

因此，参与"操场埋尸案"的所有人等，无论责任轻重，都难逃法网。

"操场埋尸案"令人悲伤，整整十六年，邓世平老师的尸体都压在操场的土石之下，每天在邓老师尸骸之上跑动的学生也许根本不知脚下那黑暗的秘密。当秘密大白于天下，不知学生能否从黑暗中走出。

古人云：直如弦，死道边，曲如钩，反封侯。这符合我们有限的经验。这就是为什么在人类所有的美德中，勇敢从来都是稀缺的，邪恶往往不可一世。但是，我们仍然相信美德与正义的存在，一如电视剧《我们与恶的距离》的台词中所说的：看见的不用相信，看不见的才需要相信。

但我们依然期待在这些陈年旧案中看见正义，告慰邓世平老师等诸君那无比宝贵的勇气。

是孩童还是罪犯？

——关于刑事责任年龄的道路选择

多起未成年人弑父杀母的极端案件再次让刑事责任年龄成为焦点话题。

现行《刑法》规定不满十四周岁的未成年人不负刑事责任，已满十四周岁不满十六周岁的人，只对故意杀人、强奸、抢劫等八种严重的犯罪负刑事责任。

之所以在刑法中规定刑事责任年龄，其理论依据在于未达责任年龄的孩子缺乏是非对错的辨认能力或控制能力，因此对他们的刑事惩罚没有意义。但是，这种理论是否成立，值得深思。

当然，不负刑事责任不意味着不接受任何处罚，只是不受刑事处罚而已。《刑法》规定，因不满十六周岁不予刑事处罚的，责令他的家长或者监护人加以管教；在必要的时候，也可以由政府收容教养。

可见在"必要的时候"，政府对这些孩子可以收容教养。只是何谓"必要的时候"，法律并无规定。更为糟糕的是，收容教养制度存在大量空白地带，不好操作，相应的机构极不健全，一般只有省会城市才有相关机构。这也就是为什么只要不负刑事责任，这些孩子几乎不会受到来自司法机关的有效惩罚，以致出现杀母的孩子返回原校继续就读的奇谈。

那么，是否要降低刑事责任年龄呢？

两条道路

在世界范围内，有关刑事责任年龄，大致有乐观主义和现实主义两条道路。

乐观主义崇尚建构理性，对人类理性充满自信，认为法律应当设置一个标准化的责任年龄。标准之下就推定没有辨认能力或控制能力。这种立场认为孩童本性纯良，可塑性很强，因此对待未成年人的刑事政策应以矫正为主。

现实主义推崇的是经验主义，它认为设置一个标准化的责任年龄太过武断，整齐划一的法律理性并不能适应无穷变化的社会现实。同时，现实主义认为包括孩童在内的一切人内心都有幽暗的成分，刑罚无力改造人性，它的第一要务是对罪行进行惩罚而非对犯罪人进行矫正，对待未成年人也是如此。

大陆法系倾向于乐观主义，其代表性国家是德国和意大利。这些国家的刑法和我国一样，认为不满十四周岁没有刑事责任能力，对任何犯罪都不负刑事责任。不同的是，这些国家规定了较完备的少年司法制度，对于十四周岁以上的未成年人犯罪适用专门的少年司法审判制度。

普通法系则以现实主义居多。普通法最初有无责任能力的辩护理由（doli incapax），不满七岁的儿童被推定没有犯罪能力，这个推定不容反驳。但七岁以上不满十四周岁则要具体问题具体分析，其无犯罪能力的推定可以反驳，如果公诉机关可以提出足够的证据证明行为人能够理解自己的行为的意义知道是非对错，那就要承担刑事责任。

随后，许多普通法系国家抛弃了这种辩护理由，如美国有三十五个州没有设置任何刑事责任的最低年龄，从理论上来说，在这些地区，任何年龄的人犯罪都要负刑事责任。其他十五个州，最低刑事责任年龄从六岁到十岁不等。

英国也放弃了这种辩护理由，在英格兰和威尔士这两个司法区，其最低刑事责任年龄是十岁，不满十岁的儿童不负刑事责任。但是在苏格兰司法区，最低刑事责任年龄则是八岁。

2007年联合国儿童权利委员会曾经建议各缔约国将最低刑事责任年龄至少规定为十二岁，但许多国家都没有听取儿童权利委员会的建议。有些国家甚至还准备下调刑事责任年龄，比如菲律宾的立法机关就考虑将最低刑事责任年龄从十五岁降至九岁。

中国的刑事立法自觉向大陆法系靠拢，在许多的立法设计上都有乐观主义的倾向。以十四岁作为有无责任年龄的标准当然整体划一，便于操作。在法律上推定不满十四周岁没有是非对错的辨认能力或控制能力，这种法律逻辑清晰明了。

咄咄逼人的逻辑论证自有一种蛊惑人心的力量，但是人类从未完全居住在逻辑论证之中，尘世中的万物，许多是无法为人造的逻辑所涵盖的。在人类历史中，削足适履的逻辑命题曾经给人类带来了灾难性的后果。正如霍姆斯大法官所言："法律的生命在于经验而非逻辑。"我们宁愿生活在前人经验积累的法律之中，而非强有力逻辑推导的法律命题之下。

如果经验事实不断地证明法律逻辑存在问题，那么这种逻辑命题就值得修正。

从当前多起孩子实施杀人等严重犯罪的案件来看，认为他们缺乏是非对错的辨认能力或控制能力的法律逻辑很难服众。

刑罚何为

乐观主义和现实主义的道路选择还取决于对人类本性和刑罚本质的看法。

乐观主义对人性的看法过于乐观，他们相信人类会不断地进化下去，有无限的可能性，而且有一天能够控制自己的发展。只要积极地改造社会，提升民众的教育水平，消除不平等的社会现实，就能创造一个美好的"黄金世界"。

因此，他们推崇人道主义的刑罚理论，认为传统的报应主义是一种复仇，是野蛮和不道德的。根据人道主义刑罚理论，罪犯只是一种病态，需要接受治疗与矫正。在他们看来，孩童天性纯良，他们实施犯罪行为没有自由意志，并非出自本性，主要是糟糕的社会环境、家庭背景、缺少关爱等因素所致，因此没有必要对其进行过度的惩罚，扼杀天性纯良的幼苗。

乐观主义的代表人物是卢梭，在《爱弥儿》一书中，他特别讨论了个人如何在堕落的社会中保持天性中的善良。该书前言引用了古希腊哲学家塞涅卡的一段话："我们身患一种可以治好的病；我们生来是向善的，如果我们愿意改正，我们就得到自然的帮助。"全书基本上是这段话的展开。

《爱弥儿》主张对儿童进行适应自然发展过程的自然教育对西方影响巨大，直到今日，许多人都推崇卢梭的孩童教育理念，认为教育要服从自然的永恒法则，听任孩童身心的自由发展。讽刺的是，作为教育学宗师的卢梭自己却把与女佣通奸所生的五个孩子送往了孤儿院，他的辩护理由是——他忙着爱人类，以至没有时间来关心自己的孩子。

现实主义对人性的看法没有那么乐观,这种立场认为人性生来有幽暗的成分,孩童也不例外,因此不能放任孩童自由发展,管束是必要的——"不忍用杖打儿子的,是恨恶他;疼爱儿子的,随时管教。"

现实主义认为法律无力改造人性,它只能约束人性的幽暗,让其不致泛滥成灾。因此,刑罚的首要目的是报应,是对犯罪的惩罚。即便未成年人犯罪,也应对其进行必要的惩罚,在惩罚的基础上才能去谈教育改造。

值得一提的是,乐观主义虽然容易激动人心,但它却可能导致灾难性的后果——理想主义往往会走向幻灭与绝望。乐观主义所持的人道主义刑罚理论抛弃了刑罚的报应观念,将惩罚看成改造罪犯的一种手段,这在客观上为权力的扩张开启了方便之门,使得权力可以披着科学的外衣我行我素。

按照传统的观点,报应是刑罚的根据,一个人是否应当接受惩罚,其核心在于道义上是否存在的应受惩罚性,普通民众有权对此发表意见。

但从改造的观点看,一个人是否应该接受治疗,则是一个专业问题,普罗大众没有发言权,只有专家才有权决断。换句话说,如果一种行为让政府不满,那么即便这种行为与道德罪过无关,政府也可对其"治疗",而人却无法辩解,因为专家根本不使用应受惩罚性这种概念,而是以"疾病"、

"改造"和"矫正"取而代之。在现代"矫正刑"的诞生之地，法西斯政权统治下的德国和意大利就曾经利用这种"科学"大行残暴。

人道主义很容易因着对人类的抽象之爱而放弃对具体之人的责任。主张未达法定责任年龄的孩子不负刑事责任，这看似对儿童的关爱，但放弃了对被害人的保护之责。现实主义则基于对理性万能的警惕，对人性幽暗的洞察，其立足现实的观点，虽然难以博人眼球，却更加务实。

少年司法制度

因此，我主张降低刑事责任年龄。

从理论上来看，对于故意杀人这种重罪，任何年龄阶段的人都应该承担刑事责任。刑罚无法改造人性，它只能遏制邪恶，对于儿童也是如此。对于犯下滔天罪行的儿童，即便可以教育矫正，也必须在惩罚的基础上进行改造。

当前，取消刑事责任年龄的提议可能很难被接受，但是至少可以将刑事责任年龄降低至十二周岁。十二岁的孩子对于是非对错已经存在基本的认识，很难说他们不知道杀人是一种严重的罪行。《民法总则》（现《民法典》总则编）已经将《民法通则》中的无民事行为能力年龄从十岁下调至八岁，这正是考虑了社会生活的实际需要。刑法也不能固守法律的逻辑命题，而必须迎合社会生活的实际需要。

此外，收容教养制度也有激活的必要。这个制度目前存在的最大问题在于它由公安机关全盘掌控，缺乏有效的监督。随着劳动教养制度的废除，收容教养制度存在的空间越来越逼仄，在某种意义上，《刑法》第十七条有关收容教养的规定几乎形同虚设。

与收容教养制度类似的是工读学校，工读学校针对的是不够收容教养或刑事处罚条件的未成年人。根据《预防未成年人犯罪法》的规定，对有严重不良行为的未成年人，可以送工读学校进行矫治和接受教育。但工读学校的目的不是惩罚，而是矫正。从实践中反馈的信息来看，工读学校的矫正效果十分有限。同时，对于是否送往工读学校，家长具有决定权，如果家长不同意将违法少年送往工读学校，政府也无法强制执行。

在刑法理论中，无论是收容教养制度还是工读学校都属于保安处分的一种。**保安处分**是指为了防止对社会有危险性的人因其危险状态有犯罪可能，而采用的包括剥夺自由、强制劳动等一系列代替刑罚或作为刑罚补充手段的强制性的个人措施。保安处分是一种不同于刑罚的预防性措施，目的在于防止行为人将来实施犯罪。

传统的保安处分理论认为它仅仅是行政上的处罚措施，

而非司法手段，因此它不应受罪刑法定原则的拘束。"二战"以后，出于对纳粹统治下的保安处分制度的反思，人们逐渐认识到，作为普遍采用剥夺自由措施的保安处分，它实质上与刑罚没有根本性的区别，即便打着"治疗"或"矫正"的名义，它们都应属于司法手段，须受罪刑法定原则的约束。正如法国刑法学家安赛尔所言：

"人身威胁性这一概念在以往的实证主义刑法学者那里被不恰当地理解，被泛化了，道义责任的概念又被彻底唾弃，结果是走向保安处分的随意运用，社会防卫也就成了纳粹分子践踏人权的口实……（现代的）社会防卫运动首先坚决维护罪刑法定原则，反对专断的行政处分……只有法官才有权宣布处罚，司法干预的同时要建立一种法定的诉讼程序。"[1]

因此，有必要建立统一的少年司法制度，将收容教养、工读学校这些保安处分措施和对未成年人的刑事追诉统一纳入少年司法制度，由人民法院的少年法庭进行审理。如果将最低刑事责任年龄降低至十二周岁，那么对于十二周岁以下的未成年人所实施的不法行为，少年法庭可以将其收容教养或送往工读学校，但对于十二周岁以上不满十八周岁的未成年人所实

---

[1] ［法］卡斯东·斯特法尼等：《法国刑法总论精义》，罗结珍译，中国政法大学出版社 1998 年版，第 430 页。

施的犯罪，则应该采取特殊的刑事诉讼程序进行审理。

在这方面，日本的少年司法制度值得我们借鉴。该法是1948年在美国占领军指导下参照美国芝加哥少年犯罪法制定的，受美国法影响很大，但也保留了日本的特色。少年司法适用的对象是实施"非行"行为的不满二十周岁的"非行"少年。"非行"少年包括三类：一是犯罪少年，这是已达刑事责任年龄实施犯罪的少年；二是触法少年，这是触犯刑律，但未达刑事责任年龄，日本国的最低刑事责任年龄也是十四周岁；三是虞犯少年，是指具有虞犯事由，根据其性格和环境判断，将来有可能实施犯罪的少年。处理"非行"少年的程序分为保护程序和刑事程序，前者适用于少年的保护案件，后者适用于少年的刑事案件。所有的"非行"少年案件都由专门的家庭法院进行审理。

仁爱与公正相对，离开了公正，仁爱也不复存在。《纳尼亚传奇》的作者C. S. 路易斯告诫说：

"仁爱只有当其生长于正义岩石的缝隙中，才能开花。若将其移至人道主义的泥沼，它将变成食人草，而其可怕之处更甚，因为它依然顶着可爱的绿植之名。"

这段话，当引起我们足够的重视。

网络文学与市场秩序
——非法经营罪在惩罚什么？

2017年年底，因为私自通过淘宝店家印刷并出售自己的小说（亦称个人志），某网络文学写手被同行举报，后因涉嫌"非法经营罪"被刑事拘捕。此案在网络文学圈中引起强烈震撼。

非法经营罪在某种意义上是经济领域中的"口袋罪"，其前身是1979年《刑法》规定的投机倒把罪。

和寻衅滋事罪一样，非法经营罪最大的问题是定义模糊，其中最令人难以捉摸的条款是该罪第四项"其他严重扰乱市场秩序的非法经营行为"。

为了限制非法经营罪的滥用，在刑法理论中，一般要从形式和实质两个方面对此罪进行限制。

在形式上，成立此罪的前提必须是"违反国家规定"。《刑法》第九十六条明确规定："本法所称违反国家规定，是指违反全国人民代表大会及其常务委员会制定的法律和决定，国务院制定的行政法规、规定的行政措施、发布的决定和命令。"这里的"**国家规定**"显然不包括部门规章或者地方性法规。

最高人民法院 2011 年还专门出台了《关于准确理解和适用刑法中"国家规定"的有关问题的通知》，明确了"国家规定"的含义。该通知指出：以"国务院办公厅"名义制发的文件，同时符合以下条件的，亦应当视为刑法中的"国家规定"：（1）有明确的法律依据或者同相关行政法规不相抵触；（2）经国务院常务会议讨论通过或者经国务院批准；（3）在国务院公报上公开发布。

比较典型的判例是《刑事审判参考》第 1077 号指导案例："李彦生、胡文龙非法经营案"，该案被告经营有偿讨债业务。有两个规范性法律文件对有偿讨债业务有过禁止性的规定，一是《国家经济贸易委员会、公安部、国家工商行政管理总局关于取缔各类讨债公司严厉打击非法讨债活动的通知》，二是《最高人民法院、最高人民检察院、公安部关于依法惩处侵害公民个人信息犯罪活动的通知》。

这两个通知既非全国人大及其常委会、国务院颁布，也非国务院办公厅制发，所以法院最终认为，它们不属于"国家规定",因此,被告人的行为不构成非法经营罪。①

在实质上,构成非法经营罪必须"扰乱市场秩序,情节严重"。非法经营罪属于刑法分则第三章破坏社会主义市场经济秩序罪第八节扰乱市场秩序罪中的罪名,要证明一种行为构成非法经营罪,司法机关必须证明该行为扰乱了市场秩序。

最具代表性的案件是王某军无证收购玉米被宣告无罪案。王某军2008年开始从事玉米经销,从农民处收购玉米,但是并未办理粮食收购许可证。而根据《粮食收购资格审核管理暂行办法》(现已失效),"凡常年收购粮食并以营利为目的,或年收购量达到50吨以上的个体工商户,必须取得粮食收购资格"。王某军在收粮时与一名卖粮农民发生纠纷,后被举报。

2016年4月15日,巴彦淖尔市临河区人民法院判决王某军构成非法经营罪。法院认为,王某军违反国家法律、行政法规规定,未经粮食主管部门许可及工商行政管理机关核准登记颁发营业执照,非法收购玉米,非法经营数额21万

---

① 《李彦生、胡文龙非法经营案 [第1077号] ——如何认定刑法中的"国家规定",经营有偿讨债业务宜否认定为刑法第二百二十五条第四项规定的"其他严重扰乱市场秩序的非法经营行为"》,载最高人民法院刑事审判一至五庭主办:《刑事审判参考》总第103集,法律出版社2016年版。

余元，数量较大。符合非法经营罪中第四款"其他严重扰乱市场秩序的非法经营行为"规定，判处其有期徒刑一年，缓刑二年，并处罚金两万元。

该案引起广泛关注，2016年12月16日，最高人民法院就此案作出再审决定，指令巴彦淖尔市中级人民法院对本案进行再审，认为在本案中，王某军从粮农处收购玉米卖予粮库，没有严重扰乱市场秩序，且不具有与《刑法》第二百二十五条规定的非法经营罪前三项行为相当的社会危害性，不具有刑事处罚的必要性。2017年2月17日，巴彦淖尔市中级人民法院再审改判王某军无罪。此案后来入选"2017年推动法治进程十大案件"。①

那么，文章开头提及的出版"个人志案"是否构成非法经营罪呢？

从形式的角度，这似乎不成问题。国务院公布的《出版管理条例》明确规定，"擅自从事出版物的出版、印刷或者复制、进口、发行业务……依照刑法关于非法经营罪的规定，依法追究刑事责任……"同时，《最高人民法院关于审

---

① 《收购玉米获罪案改判无罪是司法"善为"》，载新华网，http://www.xinhuanet.com/comments/2017-02/18/c_1120487740.htm，最后访问时间：2020年7月16日。

理非法出版物刑事案件具体应用法律若干问题的解释》第十二条也对此行为有过详细的界定，入罪门槛很低，只要"（一）经营数额在五万元至十万元以上的；（二）违法所得数额在二万元至三万元以上的；（三）经营报纸五千份或者期刊五千本或者图书二千册或者音像制品、电子出版物五百张（盒）以上的"，就可以非法经营罪论处。

但是，在实质层面上，上述个人的出版行为是否会严重扰乱市场秩序呢？问题就值得研究。

非法经营罪属于破坏社会主义市场经济秩序罪中的一种犯罪，立法的本意在于对社会主义市场经济秩序进行保障。市场经济不能是完全自由放任的，必要的管理是合理的。但是管理的本质是为了促进市场繁荣有序，而非遏制市场的发展。

按照《出版管理条例》的规定，许多社会生活中司空见惯的行为可能都涉嫌违法甚至犯罪。比如现在流行的制作个人微博书，微信书，或者将个人公众号的文章集结印刷，严格按照条例的规定，只要达到相应的数额标准，似乎都有构成犯罪的可能。

然而，当一种行为呈现普遍性的违法，我们可能需要反思这种法律是否已经滞后？是否已经成为市场发展的阻碍。变化无穷的市场往往比人类理性更能够实现资源的有效配置。在很多时候，市场往往会走在法律之前，一如王某军无证收购玉米被宣告无罪案所提醒人们的,相比于粮食市场的发展,原有的粮食审批等法律制度是滞后的。

如果不考虑社会的现实,机械地维护既定的法律,可能会导致法律尊严的丧失。首先,当违法成为普遍现象,选择性执法就会成为一种常态。执法人员甚至可能基于偏见而有选择地查处案件。这不仅会极大降低法律的公正性,也会导致权力的滥用。

其次,这也一定会造成举报制度的滥用,人们会利用公权力机关作为打击报复的工具,以致法律无限放大人性的幽暗,不仅没有促进正义,反而制造了更多的罪恶。

王某军案促进了粮食流通体制的法律革新,我们也期待此"个人志"非法经营一案能够撬动出版市场法律制度的变革。虽然对涉案的每一个个体而言,这始终是一个令人遗憾的故事。

中国人域外犯罪，中国法律管不管？

有朋友问我：若是中国人在国外犯罪，逃回中国，中国可以追究其刑事责任吗？朋友提到了瑞典的"酒店风波"以及发生在美国明尼苏达州的案件。

答案是肯定的。

这个问题涉及刑事管辖权。在现代刑法中，管辖与主权的概念密不可分。主权范围有多大，刑法就能鞭及多广。每个国家都有不同的刑法，这些刑法并非放之四海而皆准，它只能适用于一定的地方一定的人。

我国刑法的管辖以属地原则为主，兼采属人等管辖原则。

属地管辖又称领土管辖，它是有关刑法空间效力最基本的原则，在领土范围内，无论是本国人，还是外国人犯罪，都应适用主权国的刑法。2007年9月，英国公民阿克毛携带4030克海洛因抵达新疆乌鲁木齐，后被乌鲁木齐市中级人民法院判处死刑。阿克毛提出上诉，二审法院驳回上诉。判决引起英国朝野上下抗议，但最高人民法院依然核准了死刑，2009 年 12 月 29 日，阿克毛被注射执行死刑。①根据中国现行法律，此案判决本无不妥。

属人管辖则是对属地管辖原则的补充，它针对的是在领土以外的本国公民。有一句法谚说**"法粘在骨头上"**，意思是只要你拥有某国国籍，那么不论你在天涯海角，你的犯罪行为，该国刑法都有管辖权。比如一位中国公民在国外故意伤害致人死亡，由于害怕当地严厉的刑罚以及对当地司法制度不信任，逃回国内，后被外国相关部门在国外通缉，对此案件中国就可追究。

虽然在实践中，这种事情国内的公安机关可能不会主动调查，毕竟司法资源有限。但如国外的司法机关向我国相关机构请求司法协助，中国自然也会启动刑事追诉程序。否则根据对等原则，如果我们不管别国的事情，到时自己遇到类似问题，也很难指望他国予以配合。

由于属人管辖会和他国的属地管辖原则相冲突，因此对它应有所限制，通常是严重的犯罪才有追究的必要。我国《刑法》第七条第一款规定："中华人民共和国公民在中华人民共和国领域外犯本法规定之罪的，适用本法，但是按本法

---

① 《英毒贩阿克毛今在中国被执行死刑》，载经济观察网，http://www.eeo.com.cn/eobserve/Politics/international/2009/12/29/159409.shtml，最后访问时间：2020 年 8 月 19 日。

规定的最高刑为三年以下有期徒刑的，可以不予追究。"

可见，如果国人在外犯罪，关键看所犯之罪按照我国《刑法》是否可以判处三年以上有期徒刑，如果犯罪比较轻微，最高刑仅为三年以下，那就可以不予追究。

解决了可以追究的问题，剩下的就是如何追究。

如果犯罪人还在国外，中国司法机关不能直接抓人，否则就侵犯了他国的司法主权。

主权这个观念其实是一个舶来品。1577年法国人吉恩·布丹出版了《论共和国》，在该书中首次提出**主权**概念，并把其定义为"国内绝对的和永久的权力"。随后，被誉为国际法奠基者的荷兰法学家格劳秀斯也认为主权属于国家，主权是国家的最高统治权，主权国家之间是平等的。在这种世界体系下，除殖民地外，国与国之间也就是一种主权国家的平等交往关系。作为主权的一种体现，刑事管辖权自然也就只能在主权的范围内发生作用。

但在中国传统中，并没有主权概念。普天之下，莫非王土，率土之滨，莫非王臣。传统的国家概念是宇宙之国，自秦始皇建立统一帝国以来，封建帝王一直以天朝上国自居，皇帝自然也就是天下共主，正如乾隆圣谕所言，"大皇帝君临万国，恩被四表，无论内地外夷，均系大皇帝百姓"。相信当时不仅是乾隆爷,几乎所有中国人都会认为,大清朝以外的所有地方都是蛮夷藩属,世界上不可能还有一个和天朝上国平起平坐的国家存在。在这种观念下,"天朝"的刑法在理论上具有普世性,可以适用于普天之下的一切人。

直到近代,"天朝司法观"才受到挑战,其间还闹过国际笑话。1896 年,孙中山因革命受挫,远避伦敦。在当地被清廷使馆秘密拘捕,这就是著名的伦敦蒙难事件。在拘禁一周后,孙中山通过清洁工给人送去求援信,绑架丑闻被媒体披露,英国举国上下都关心着这位中国革命家的命运。随后,英国外交大臣萨里斯伯约见中国参赞马格里,敦促其遵守英国的法令,立即释放孙中山。迫于压力,清公使馆无奈,释放了孙中山。孙中山获救后,用英文撰写《伦敦蒙难记》(Kidnapped in London)。此书出版后,孙中山的名字便在全世界传开。

清公使的鲁莽源于不懂国际规则。当时中英两国并无引渡协议,在英国境内拘捕孙中山严重侵犯了英国的司法主权。清廷偷鸡不成反蚀把米,免费为孙中山做了一次宣传,使其闻名天下。

在当时的中国,公使的无知尚可以理解。但 120 多年过去,这种司法观早已进入历史的垃圾堆,在现代社会,主权国家在国际法上是平等的。因此,如果涉案者身在国外,中国想要行使管辖权，就只能请求他国提供司法协助。

但是，对于在国外所发生的犯罪，如果涉案者回到中国，中国司法机关是否可以主动追究呢？

在司法实践中，这种案例极少。这一方面是因为被害人通常不会在中国报案，另一方面也是因为收集证据非常麻烦，毕竟案发地在国外。但如果犯罪事实清楚，证据也不是问题，中国司法机关自然要依法处理。

值得一提的是，很多人利用民族主义作为犯罪的挡箭牌。其实民族主义和主权观念一样，都是舶来品。主权要受到限制，任何情感都不能走向极端，民族主义自然也不例外。民族主义诞生于法国大革命，经由欧陆哲学家，主要是德国哲学家费希特的改造，成为迄今为止最有影响力的群体意识之一。民族主义可以让个体获得存在的意义，获得归属与认同，避免个体湮没在无意义的历史长河。但民族主义如果走向极端，就会导致偶像崇拜，成为罪恶的遮羞布，其最典型的例证之一就是纳粹暴政。

斯蒂芬·格罗斯比在《民族主义》一书中，提醒我们爱国主义与民族主义是两种不同的情感，前者是积极的，可以超越民族主义的偏见，它并不否认民族成员不断变化、各不相同的追求，也并不拒绝民族成员关于民族的不同理念。但后者则丝毫不懂折中，过于狭隘。

"当人把世界分为两个互不相容、不断争战的阵营,将自己本民族和所有其他民族对立,把后者视为自己不共戴天的敌人,就产生了与爱国主义截然不同的民族主义意识形态。民族主义拒绝接受文明方式及其对分歧的包容,试图消除一切不同的观念和兴趣,以维护关于民族历史及现状的一家之言。例如,法国民族主义包含的理念也许是,要成为法兰西民族的良民,一个人必须憎恨英格兰和日耳曼的所有事物,否则就并非'真正'的法国人。"[1]

因此,我们应该通过爱国主义来避免民族主义的偏狭,每个主权国家都应平等相待,每个民族都有伟大之处值得学习,也都有短板应当避免,各个民族本应和平共处。

法治的一个重要作用就是避免民族主义走向极端与狂热。愿相关的案件能够在法治的框架下得到妥善处理。在生活的方方面面贯彻法治的理念是法律人爱国主义的必然体现。

---

[1] [美]斯蒂芬·格罗斯比:《牛津通识读本:民族主义》,陈蕾蕾译,译林出版社2017年版,第16页。

"996"、盲井与劳动光荣

2019 年"劳动节"的那个小长假里，人们沸沸扬扬地讨论着"996 工作制"，但很少有人注意到十几天前山西"盲井"案六案犯被枪决的消息。

山西"盲井"案始于 2007 年。彭某等六人以介绍工作为名，将作案对象带入矿山工作，伺机杀害后伪造矿难，接着以死者家属的身份与矿主谈判骗赔。六人在七年内作案 12 起，杀害 11 人，伤 1 人，骗赔金额 310 多万元。[①]

媒体在调查报道时发现相关企业在劳动用工方面非常随意，国家劳动法规几乎成了具文。相比之下，"996 工作制"当然温和得多，甚至沐浴着理想的柔光。但若从漠视法规、物化劳动者的角度看，两者并无根本不同。

许多企业和个人真诚地信奉社会达尔文主义，认为"物竞天择，适者生存"是自由市场的要求，社会进步的源泉。

---

① 《山西"盲井案"6 罪犯执行枪决》，载人民网，http：//legal.people.com.cn/n1/2019/0506/c42510-31065632.html，最后访问时间：2020 年 3 月 1 日。

不够强大的，就应该被淘汰。在这种叙事下，许多企业形成了"加班文化"；在聘用制度上，各种基于年龄、性别、出身的歧视不可谓不普遍。

尽管19世纪达尔文主义在欧洲被引入社会科学的时候就遭到各方抨击，但在市场经济快速发展的我国却很快找到了开枝散叶的土壤，更与"头悬梁、锥刺股"的教育传统相契合，以致不仅雇主/领导乃至雇员/员工都认为"996工作制"是正常的，即便不是正当的。

那么，我们究竟为什么要有劳动法，为什么要设定用工制度和工作时间呢？卡尔·马克思曾从阶级斗争和劳动异化的角度进行解析，在他看来，资本主义的分工把人囚禁在某个特定的区域里，只要他还想要这份工作，那么他就不能离开这个区域，也就是说人丧失了能动性，被他的工作/分工所奴役。

约翰·罗尔斯则从权利的角度给出了答案。罗尔斯让我们思考这样一个问题：如果有一块"无知之幕"，让你无法知道自己降生在何种阶层、何种家庭，也不知道自己是否智力健全、身体完整，在这种情况下，你会希望来到一个怎样的社会呢，是弱肉强食的丛林，还是为贫弱者守护着最后体面的所在？答案不言而喻。

罗尔斯认为，在"无知之幕"下，会产生两种公正原则：

一是为所有公民提供平等的基本自由,如言论自由和宗教自由,这一原则要优先于社会功利和总体福利的考虑。只要是人,就会有一些任何人无法干涉的基本权利。

二是关照社会和经济的平等,使官职和地位在机会均等的基础上向每一个人开放,倘若机会均等仍无法解决不平等的问题,则"社会基本结构可以如此安排,用这些偶然幸运来为最不幸者谋利"。换言之,要用差异原则来纠正市场竞争产生的不公平。每个人所拥有的才能和天赋是不平等的,如果大家都在同一条起跑线上赛跑,比如对"富孩子"和"穷孩子"适用同样的竞争规则,那么最后会出现一种事实上的不平等,因此公共政策上应当向弱者适当倾斜,而非让强者通吃一切。

在自由竞争中胜出的人们,往往把功劳归给自己,认为那是自己努力的结果。但是,罗尔斯提醒我们,我们无法决定自己的出生和天赋,也无法决定我们一生所能遇到的机遇,今天你可以是马云、强东,明天也可能奔波在路上送快递。那些受到上天眷顾的人们,无论他们是谁,只有当他们的好运气改变了那些不利者的状况时,才能最终从自己的好运气中获利。这是在社会上暂居优势地位的人应有的觉悟。

我国《劳动法》第三条第一款明确规定:"劳动者享有平等就业和选择职业的权利、取得劳动报酬的权利、休息休假的权利、获得劳动安全卫生保护的权利、接受职业技能培训的权利、享受社会保险和福利的权利、提请劳动争议处理的权利以及法律规定的其他劳动权利",其中关于工作时间、休息休假、最低工资保障制度的许多规定都投射出马克思关于分工的反思以及罗尔斯式的正义观。

这些年,"过劳死"已经不算新闻,身边的同学朋友华发早生乃至灯枯油尽的也有。仿佛应验着那句老话:人为财死,鸟为食亡。于是有人问我:除了物质的盘算,劳动还有其他的什么价值吗?劳动尤其是体力劳动光荣吗?

诚实地说,古典哲人很少有这么认为的。在古希腊,只有奴隶和底层阶级才从事体力劳动。亚里士多德认为,有些人生而为奴,他们缺乏良好的逻辑思维能力,应当从事体力劳动。在罗马帝国,体力劳动同样被认为是不体面的,是奴隶的事;人们耽于廉价的放纵,也不肯清白地劳动。在我国的传统的差序社会里,孟子总结道"劳心者治人,劳力者治于人",孩子们也从小就被教育"万般皆下品,惟有读书高"。

当然,也有例外。比如古希伯来文明就不轻视体力劳动,学手艺甚至被视为一种宗教义务。《塔木德》记载了犹太拉比的格言:凡不向自己的儿子传授手艺者,实在是教导他儿子成为盗贼。

有这样一种说法,如果"上主"要降世人间,他会以何种形象出现呢？古希腊人说：哲学王；古罗马人回答：正义而高贵的政治家；而希伯来人的"上主"以木匠的形象出现。

这种观念赋予人类庸碌的辛劳神性的光辉，并在宗教改革之后形成了所谓"新教伦理的职业观"。按照马克斯·韦伯的说法，这种职业观"把劳动本身作为人生的目的，这是来自上帝的圣训。圣保罗的'不劳者不得食'无条件地适用于每一个人，厌恶劳动本属于堕落的象征"。① 在世俗中兢兢业业地获取财富，乃是完成上帝交代的天职。资本主义由此获得伦理的加持，以摧枯拉朽的姿态将人类社会推向现代。

然而，正如马克斯·韦伯的德国同胞——马克思反思的那样，当劳动发生异化，当工作不再承载人的尊严，解放就变成了囚禁。在《新教伦理与资本主义精神》一书的结尾，马克斯·韦伯写道："没有人知道将来是谁在这铁笼里生活……完全可以这样来评说这个文化发展的最后阶段：'专家没有灵魂，纵欲者没有心肝；这个废物幻想着它自己已达到了前所未有的文明程度。'"②

一旦离开对人的尊严的渴望，"劳动光荣"只能是一种

---

① ［德］马克斯·韦伯：《新教伦理与资本主义精神》，于晓、陈维纲等译，生活·读书·新知三联书店1987年版，第251页。
② ［德］马克斯·韦伯：《新教伦理与资本主义精神》，于晓、陈维纲等译，生活·读书·新知三联书店1987年版，第251页。

无法践行的虚伪，或者说粉饰罪恶的说辞。要知道在每一个纳粹集中营的入口，都高悬着一句标语："ARBEIT MACHT FREI"（劳动使人自由）。

我国《宪法》第四十二条第一款、第二款规定："中华人民共和国公民有劳动的权利和义务。国家通过各种途径，创造劳动就业条件，加强劳动保护，改善劳动条件，并在发展生产的基础上，提高劳动报酬和福利待遇。""盲井"案自不必说，"996 工作制"同样有悖于此之精神。

康德说人只能是目的，不能仅仅是手段。唯有重申人的权利和尊严，我们才能真正地拥抱劳动光荣的观念。

刑法罗盘

如何理解妨害公务罪中的暴力与威胁？

2019年7月9日，福州某大学一留学生拒不配合民警执法，还对民警进行推搡和追赶。事后，警方对该外籍男子的交通违法行为依法进行处罚，其所在学院则将其带回加强教育。推搡视频经网络传播，引发诸多质疑，有人认为相关处置有优待外国人之嫌。①

对于外籍人士的"超国民待遇"，民间诟病已久。2019年年底，ofo"小黄车"退押金风潮中，一名用户冒充外国人，用英文给ofo公司写投诉信，要求退押金，结果一天之内解决问题，还收到一封道歉信。此事最终粉碎了用户对ofo仅存的信心。② 而在某网络购物平台，一项"外国人代为报案"的服务一度十分火爆。

---

① 《外籍学生交通违规推搡交警！警方回应》，载凤凰网，http：//finance.ifeng.com/c/7oExLfABILy，最后访问时间：2020年8月19日。
② 《网友自曝假装外国人，ofo秒退款还附道歉信！》，载搜狐网，https：//www.sohu.com/a/282617279_578759，最后访问时间：2020年8月19日。

就在福州留学生推搡警察的第二天，7月10日，天津一男子骑自行车逆行，被交警拦截。该男子对民警进行推搡并撕扯民警警服，警服被撕坏，民警轻微伤。该人因涉嫌妨害公务罪被刑事拘留。①

检索中国裁判文书网，命中妨害公务罪的案例有八万多个，属于最高频多发的犯罪之一。然而，一个亟待解决的问题就是：如何理解妨害公务罪中的暴力与威胁，对公务人员的推搡行为是否一律应当以妨害公务罪论处？

对此问题，《刑法》并无明确的规定，有关妨害公务罪，刑法只有概括性的抽象规定——以暴力、威胁方法阻碍国家机关工作人员依法执行职务的，处三年以下有期徒刑、拘役、管制或者罚金。

那么，"暴力、威胁"的程度和对象应当如何把握？至今仍无统一的司法解释，各地的处理意见也不尽相同。

一如任何问题至少都有正说、反说、折中说三种立场，上述问题也有三种不同的意见。对于"暴力、威胁"的程度，学界一直存在"行为说"、"危险说"和"实害说"三种观点：

"行为说"认为只要实施了暴力威胁行为，就可构成妨

---

① 《天津一男子当街推搡交警，被刑事拘留》，载网易网，https://news.163.com/19/0712/21/EJTPK2400001875P.html，最后访问时间：2020年3月1日。

害公务罪，不需要达到足以妨害公务执行的程度。与此对立的是"实害说"，该说认为暴力、威胁需达到使公务人员无法执行公务或放弃执行公务。介于两者之间的是"危险说"，这种立场认为要根据暴力、威胁的具体手段、程度、对象、性质以及职务执行的样态等等进行具体判断，看是否足以妨害公务人员的职务执行，比如向警察投掷粪便阻碍执法。

三种立场对于证据的要求显然不同，按照"行为说"，只要有暴力威胁行为就一律推定为扰乱公共秩序，故可以妨害公务罪论处；按"危险说"，除了有暴力威胁行为，还需证明此行为可能危及正当公务执行，方才构成犯罪；但按照"实害说"，除非可以证明实际阻止了正当的公务行使，否则就不能以犯罪论处。

"行为说"打击面太大，而且导致治安处罚和犯罪的界限无法区分，比如拍打警车、诅咒、辱骂警察、拉扯警服等，有些地方都认为属于犯罪，这种处理忽视了刑法只是补充性的最后惩罚手段，也很容易导致选择性执法。"实害说"的范围又过于逼仄，无法体现对公务行为的有效保障。

因此，"危险说"可能更合乎中道。上海市 2013 年 7 月 5 日出台的《关于本市办理妨害人民警察依法执行职务案件适用法律的若干意见》曾规定了七种妨害公务罪的暴力威胁方法，其中之一是以拉扯、推搡等方式阻碍人民警察依法执行职务，造成民警轻微伤或造成群众围观，交通阻塞等恶劣影响的。这可以看成"危险说"的一种体现。

至于暴力威胁的对象，也存在三种观点：

"限制说"认为对象仅限于公务人员；"扩张说"则认为可以包括任何人，甚至可以包括行为人本人。比如行为人以自杀、自残相威胁阻止公务，或者躺在警车前不让车辆经过。但"折中说"认为可以包括公务人员和有关的第三人，但不包括行为人本人。

个别地方采取了"扩张说"的立场，比如浙江省高级人民法院、浙江省人民检察院、浙江省公安厅印发的《关于依法处理妨碍政法干警履行法定职责违法行为的指导意见》明确规定，"以自杀、自残……相威胁，造成群众围观或交通阻塞的"，应认定为"以暴力、威胁方法阻碍政法干警依法执行职务"。

"扩张说"咄咄逼人，太过强调国家本位，不仅忽略了刑法对暴力威胁的限制，也无视刑法的人权保障机能。与很多犯罪不同，《刑法》有关妨害公务罪的规定并未使用"其他方法"作为兜底，这就意味着立法机关对暴力威胁的限制，防止权力的过度扩张。法律从未将自杀、自残、自伤作为一种违法行为，自然也不宜将其理解为妨害公务罪的手段行为。如果自损行为可以成为犯罪的手段行为，那么以自杀相威胁的抢劫、敲诈、强奸似乎都可以犯罪论处，那么刑法的打击范围几乎就是天马行空无所不包了。

妨害公务罪的本质是通过对公务人员的利益损害来阻止公务，不应扩张至以损害自身权益来阻止公务。许多的自杀、自残、自伤只是一种言语的过激表示，不一定有实际行动。即便有实际行动，"民不畏死又奈何以刑惧之"。更何况，公务行为的本意是为了保障民众的人身财产安全，而将他人逼至绝路，甚至还用刑法武器予以打击，这也与公务行为的正当目的相去甚远。

"折中说"依然是比较恰当的做法，无论是对公务人员，还是公务辅助人员，或者相关第三人实施暴力威胁，都可能妨害公务行为的合理开展。

当然，对于妨害公务罪，另外一个更为重要的限制就是妨害的必须是依法进行的职务行为，对于非法的职务行为进行阻止不能构成本罪。非法的职务行为既包括实体非法，也包括程序违法。在推进法治建设的今天，程序合法的理念也许更为重要。在"江苏常州三圣寺僧人妨害公务案"中，法庭辩论的焦点正是警察的传唤行为是否符合程序。如果有证据证明警察没有按照正当程序传唤，那么就不宜追究僧人妨害公务罪的罪责。

法治社会当然要尊重执法机关的权威，但更要对执法机关的权力进行合理的限制。当执法机关尊重规则，民众自然也会对执法机关保持足够的敬意。如果执法机关无视规则擅权专断，那么民众也很难遵规守法，敬重权力。不当执法与执法受阻就会形成一个"死循环"。

打破"死循环"的主动权在于执法机关，而非弱势的普通百姓。数日前，我入住酒店，正好遇到民警查房。出于职业习惯，我让民警出示工作证，他十分诧异，说未带证件，但警服警号就等同于证件。我说，根据《居民身份证法》第十五条的规定，出示执法证件是查验居民身份证的必要条件。民警愣了一下，还是下楼去取证件了，半小时后，再次查房。民警出示证件后，我自然非常配合地让其查验身份证件，而这位民警的"克制"也让我对"法治"二字多了一分信心。

最后，回到前文所提及的两个推搡警察案，外籍人士只是一个案外因素，它与定罪量刑毫无关联。如果对留学生的处理是恰当的，那么对本国人也应按同样标准处理。

法律面前人人平等原则既反对超国民待遇，也反对国别歧视。在法治的荣光之下，无论外籍本籍，或男或女，贫穷富裕，都应享有法律的同等对待。

极端案件与规则意识

近两年,极端案件时有发生。① 鲁迅说:"勇者愤怒,抽刃向更强者;怯者愤怒,却抽刃向更弱者。"这不再是文学,而是写实。

这些案件折射出一个非常危险的信号,那就是民众的暴戾之气越来越严重,每个人都像一座活火山,聚积着巨大的仇恨。当遭遇特殊的环境,这种仇恨的喷发不是对自己,就是对他人带来巨大的伤害。

究其原因,一个重要的因素就是规则意识的淡漠。相当一部分人不愿意尊重遵守规则。他们认为,规则主要是针对弱者的,强者会以多种方式跳出规则之外,他们或者随意修改规则,或者任意解释规则,甚至干脆无视规则。当遵规守法成为弱者的象征,那么很少还有人会自愿遵守规则,人们会不断地挑战规则,人人都想成为不受规则约束的"强者"。

---

① 参见《权威剖析个人极端暴力犯罪应对之策》,载人民网,http://theory.people.com.cn/n/2013/0802/c40531-22424992.html,最后访问时间:2020年8月26日。

这就是为什么我们需要法治，因为法治在本质上是对强权的约束，是对权力意志的束缚，只有法治能够带领人类走出"丛林法则"的生态。

法治的基本假设是人性有幽暗的成分，人性中那些天然的良善和道德，时刻面临着各种严酷的试探和特权的侵蚀，并且事实无数次的证明，我们的人性最终无法抵制这些致命的诱惑。权力越大，越能激发人性的邪恶。英国前首相威廉·皮特说："不被限制的权力倾向于腐化那些拥有它之人的灵魂"。这也恰好印证了阿克顿勋爵的至理名言："权力导致腐败，绝对权力往往导致绝对腐败……"因此，为了保护权力的拥有者不至于堕落为魔鬼，不至于带给人类巨大的灾难，必须对其权力加以最为严格的约束。

阿克顿说，**伴随着暴虐的权力而来的往往是道德的堕落和败坏。**[①]当权力的拥有者不断突破规则以求更多的权力，那么也就没有人会尊重规则，人人都想成为强者，都想拥有权力推行自己的理想，成为"通吃一切"的强者会成为每个人的梦想。但那些理想受挫、失效的人，不是伤感命运之不公，就是采取激烈的手段制造一个又一个极端事件。

---

① ［英］阿克顿：《自由与权力》，侯健、范亚峰译，商务印书馆2001年版，第342页。

规制不仅是对弱者的保护,也是对强者的庇护。当人们将规则视为游戏,无论强弱,每个人都只身居火山口下,个人安危,纯靠运气。

但人类社会毕竟不是动物世界,人类不断用制度来约束人心的邪恶,告别"丛林法则"。用猴山的经验来说明人类社会的规律是对人之尊严的莫大亵渎。索尔仁尼琴说:"世界正在被厚颜无耻的信念淹没,那信念就是,强权无所不能,正义一无所成。"

韩国电影《辩护人》有一句经典的台词是:"石头再坚硬,也是死的;鸡蛋再脆弱,也是活着的生命。石头最终会碎成细沙,而鸡蛋孵化出小鸡,终将越过石头。"

丘吉尔说:"没有最终的成功,也没有致命的失败,最可贵的是继续前进的勇气。"

不知当你我遇到极端案件之时,我们是否有勇气挺身而出。

每天都有不法之事,每天都可能发生极端案件,甚愿我们不会因为爱心的渐渐冷淡而丢弃勇敢的心。

非法放贷司法意见
——空白罪状要怎么填？

2019年10月21日，最高人民法院、最高人民检察院、公安部、司法部印发《关于办理非法放贷刑事案件若干问题的意见》（以下简称《非法放贷意见》）公布，明确了高利贷行为可以被认定为非法经营罪。这个司法意见引起法律界的强烈关注。

非法经营罪可谓经济领域中的"口袋罪"，其中最令人难以捉摸的是关于该罪的《刑法》第二百二十五条第四项"其他严重扰乱市场秩序的非法经营行为"，这种兜底条款导致该罪的构成要件极其模糊。

最高司法机关通过规范性文件对这个条款进行了多次解释。非法出版物的经营行为、非法经营电信业务的行为，生产、销售"瘦肉精"的行为，非法经营食盐的行为，特定时期哄抬物价、牟取暴利的行为，非法经营网吧的行为，擅自发行销售彩票的行为，私设生猪屠宰厂（场），从事生猪屠宰、销售等经营活动，先后被解释为非法经营行为。

非法经营罪的兜底条款带来的最大问题是对法律专属性原则的突破，进而导致"行政造法"与"司法造法"。

根据法律专属性原则，关于犯罪与刑罚的法律只能由最高立法机关制定，行政机关和司法机关无权造法。《立法法》第八条规定，有关犯罪和刑罚的事项，只能制定法律。第九条亦规定："本法第八条规定的事项尚未制定法律的，全国人民代表大会及其常务委员会有权作出决定，授权国务院可以根据实际需要，对其中的部分事项先制定行政法规，但是有关犯罪和刑罚……等事项除外。"

在《刑法》中，法律有时无法详细地规定构成要件的方方面面，往往要根据《刑法》以外的其他法规来确定构成要件中的某些要素，空白罪状的存在具有一定合理性。比如，《刑法》第三百三十二条规定的妨碍国境卫生检疫罪——"违反国境卫生检疫规定，引起检疫传染病传播或者有传播严重危险的"构成该罪。为确定行为是否构成犯罪，必须要援引关于国境卫生检疫的行政法规。

为了避免空白罪状突破法律专属性原则，其他法规只能对法律所规定的犯罪构成中的某些要素进行填补，而不能创设一种独立的犯罪构成。同时，空白罪状所援引的法规层级不能包括部门规章和地方性法规。《刑法》第九十六条规定："本法所称违反国家规定，是指违反全国人民代表大会及其常务委员会制定的法律和决定，国务院制定的行政法规、规定的行政措施、发布的决定和命令。"

非法经营罪在《刑法》中的犯罪构成也存在"违反国家规定"这种空白罪状——"违反国家规定，有下列非法经营行为之一，扰乱市场秩序，情节严重的"构成非法经营罪。

《非法放贷意见》所规定的非法放贷的行为构成非法经营罪，其所援引的国家规定应该是国务院1998年制定的《非法金融机构和非法金融业务活动取缔办法》（以下简称《取缔办法》）。该办法规定：未经中国人民银行批准非法发放贷款属于非法金融业务活动，构成犯罪的应当追究刑事责任（2011年该办法修订，但上述规定没有太大变化）。

《取缔办法》属于《刑法》第九十六条所说的国家规定。但问题在于，《取缔办法》本来只能对非法经营罪中的空白罪状——违反国家规定——进行填补，它不能创设一种新的犯罪类型，但是由于非法经营罪兜底性条款（其他严重扰乱市场秩序的非法经营行为）的存在，使得《取缔办法》事实上规定了一种新的犯罪类型。

在大多数空白罪状的犯罪中，《刑法》都划定了犯罪构成的范围，在这个范围内行政法规可以对犯罪构成的某些要素进行填补。但在非法经营罪中，兜底性条款本身就是一种空白的犯罪类型，《刑法》没有为这种兜底性条款划出边界，因此行政法规不仅可以规定空白罪状，同时还能确定空白犯罪类型，那么其必然的结果就是行政法规可以任意规定新的犯罪类型，本质上就是"行政造法"，这与《立法法》的规定是有冲突的。

由于非法经营罪的兜底条款，不仅导致"行政造法"，"司法造法"的现象也比比皆是。比如信用卡套现行为，《最高人民法院、最高人民检察院关于办理妨害信用卡管理刑事案件具体应用法律若干问题的解释》规定：使用销售点终端机具（POS 机）等方法，以虚构交易、虚开价格、现金退货等方式向信用卡持卡人直接支付现金，情节严重的也可构成非法经营罪。但这个解释甚至连可以参照的行政法规都难觅踪迹，事实上没有任何行政法规认为信用卡套现行为应当追究刑事责任。

法律人应该非常熟悉孟德斯鸠在《论法的精神》中对于权力约束的论述：一切有权力的人都容易滥用权力，这是亘古不变的经验。防止滥用权力的方法，就是以权力约束权力。

有一句话，笔者经常说：刑法是最严厉的惩罚措施，不到万不得已，不应轻易使用。刑事立法的程序理应非常严格，而非法经营罪的兜底条款却为行政机关、司法机关提供了一条"便宜行事"的出路。

罪刑法定原则禁止不利规则溯及既往，但由于司法解释在性质上被认为没有创造新的规则，因此它原则上不受溯及既往原则的约束。然而，《非法放贷意见》在事实上已经突破了法律专属性原则，因此它必须受到从旧兼从轻原则的约束，不得溯及既往。

《非法放贷意见》规定："对于本意见施行前发生的非法放贷行为，依照最高人民法院《关于准确理解和适用刑法中'国家规定'的有关问题的通知》（法发〔2011〕155号，以下简称《通知》）的规定办理。"如是模糊不清，让人费解。可以预见，关于《非法放贷意见》的时间效力问题将在司法实践中造成混乱。

上述《通知》对"国家规定"的内涵进行了明确，重申部门规章和地方性法规不属于"国家规定"，《取缔办法》属于该通知所规定的"国家规定"，由于《取缔办法》系1998年制定，**这是否意味着《非法放贷意见》针对1998年《取缔办法》出台后的非法放贷行为都可以适用呢？**

另外，《通知》认为："各级人民法院审理非法经营犯罪案件，要依法严格把握刑法第二百二十五条第（四）的适用范围。对被告人的行为是否属于刑法第二百二十五条第（四）规定的'其它严重扰乱市场秩序的非法经营行为'，有关司法解释未作明确规定的，应当作为法律适用问题，逐级向最高人民法院请示。"

按照这个规定，即便不能根据《取缔办法》的制定时间来确定《非法放贷意见》的适用范围，但对于《非法放贷意见》之前的非法放贷行为，**是否只要向最高人民法院请示就可以追究刑事责任呢？**

笔者认为，这两种理解都是错误的。《非法放贷意见》事实上创造了一种新的规则，具有准法律的功能，必须受到从旧兼从轻原则的限制。

最高人民法院2012年曾经对非法放贷有过批复，① 认为它不构成非法经营罪。按照2007年《最高人民法院关于司法解释工作的规定》，司法解释的形式分为"解释"、"规定"、"批复"和"决定"四种。这个批复显然属于司法解释的一种。而严格说来，《非法放贷意见》只是一种司法文件，并不属于司法解释，它对各级司法机关没有必然的约束力，司法文件能否废除司法解释，这个问题值得商榷。

2001年《最高人民法院、最高人民检察院关于适用刑事司法解释时间效力问题的规定》明确规定："对于新的司法解释实施前发生的行为，行为时已有相关司法解释，依照行为时的司法解释办理，但适用新的司法解释对犯罪嫌疑人、被

---

① 《最高人民法院关于被告人何伟克、张勇泉等非法经营案的批复》（〔2012〕刑他字第136号）。

告人有利的，适用新的司法解释。"根据这个规定，即便认为《非法放贷意见》这种司法文件具有和司法解释同等的效力，亦即存在两个不同的司法解释时，也必须选择对行为人更为有利的司法解释，也即对于《非法放贷意见》之前的非法放贷行为不能以非法经营罪追究其刑事责任。

另外一个问题是当非法放贷呈连续状态，跨越《非法放贷意见》生效的前后，应当如何处理呢？《非法放贷意见》规定，违反国家规定，未经监管部门批准，或者超越经营范围，以营利为目的，经常性地向社会不特定对象发放贷款，扰乱金融市场秩序，情节严重的，以非法经营罪定罪处罚。此处的"经常性地向社会不特定对象发放贷款"，是指2年内向不特定多人（包括单位和个人）以借款或其他名义出借资金10次以上。其中高利贷需超过36%的实际年利率，个人非法放贷数额累计在200万元以上的，单位非法放贷数额累计在1000万元以上的，才达到入罪标准。

如果行为人在2019年10月1日非法放贷，非法放贷持续到2019年12月1日，在10月21日《非法放贷意见》施行日这个时间节点前向5人放贷100万元，之后向5人放贷100万元，这是否构成非法经营罪呢？

对此问题，其实也有明确的规定。1997年《刑法》制定之后，"跨法犯"的问题非常突出，最高人民检察院两次下发规范性文件。1997年10月6日发布的最高人民检察院《关于检察工作中具体适用修订刑法第十二条若干问题的通知》指出："如果当时的法律不认为是犯罪，修订刑法认为是犯罪的，适用当时的法律；但行为连续或者继续到1997年10月1日以后的，对10月1日以后构成犯罪的行为适用修订刑法追究刑事责任。"

1998年12月2日发布的最高人民检察院《关于对跨越修订刑法施行日期的继续犯罪、连续犯罪以及其他同种数罪应如何具体适用刑法问题的批复》也规定："对于开始于1997年9月30日以前，继续或者连续到1997年10月1日以后的行为，以及在1997年10月1日前后分别实施的同种类数罪，如果原刑法和修订刑法都认为是犯罪并且应当追诉，按照下列原则决定如何适用法律：一、对于开始于1997年9月30日以前，继续到1997年10月1日以后终了的继续犯罪，应当适用修订刑法一并进行追诉……"

可见，只有当新法和旧法都认为构成犯罪的情况下，存在连续状态的跨法犯才能适用新的法律。但如果之前的行为不构成犯罪，那就不能用新的规定溯及既往。上述司法解释虽然是最高人民检察院发布的，对于人民法院没有必然的约束力，但是其中法理是共通的，法院也应遵守。

法律人的一个必要训练是在入罪问题上要严格地区分法

律与道德，法律判断优先于道德判断。非法放贷具有道德上的可谴责性，但判定它是否构成犯罪还是必须严格遵守罪刑法定原则。

此外，法律人应当自觉地与大众的狂热保持一定的距离。詹姆斯·费尼莫尔·库柏告诫我们：压迫得以吞没一个共同体的最巧妙也是最危险的方式，是借助大众的影响力。而一位好的公民应当将感情用事和公共职责区分开来。

律师、谎言和"套路贷"

有律师因卷入"套路贷"诈骗而身陷囹圄，这些案件引起法律界强烈关注。

对于类似的案件，个别司法机关的定罪逻辑简单直接：行为人实施了"套路贷"行为，因此构成诈骗罪，律师为"套路贷"提供过法律服务，因此构成诈骗罪的共同犯罪。

然而，这种逻辑存在巨大的漏洞，完全经不起推敲。

首先，"套路贷"是一种经济现象，它并非法律概念，更不是刑法中的犯罪类型。不能因为扣上了"套路贷"的帽子，就一律贴上诈骗的标签。

一种"套路贷"行为能否构成诈骗，关键要看它是否符合诈骗罪的构成要件。

诈骗罪客观上的行为方式包括五个环环相扣的要素：

行为人实施虚构事实、隐瞒真相的欺骗行为—因为这种欺骗让被害人陷入了认识错误—被害人基于认识错误处分财产—行为人获取财物—被害人遭受财物损失。

上述环节缺一不可。

如果被害人借款前明知借款的高利性质，那就很难说他陷入了认识错误，其处分财物的行为只是履行借款合同的义务。即便放贷者敲骨吸髓，令人愤慨，但也并非刑法意义上诈骗。在大量的民间借贷中，放贷人可能会利用借贷人急于用钱的心理，对其进行剥削，有时借贷人也并不完全理解借贷行为的后果。放贷人的剥削行为也许不道德，但对其行为是否属于诈骗的认定，还是应当慎重对待。

事实上，在正常的信用卡透支和各种消费借贷中，"套路"现象也并不罕见，推广消费贷的金融机构经常夸大其词，鼓励超前消费，很少详细告知客户最终的利息支出，其真实利率并不像宣传的那么低。比如部分信用卡最低还款日利率按照万分之五计息，很少有人会清醒地计算出其年利率竟高达18%，如果算上违约金、滞纳金，也许利息更高。虽然这个利率可能远低于部分"套路贷"的利率，但仅以利率高低来判断行为是否属于诈骗，显然太过武断。

其次，即便某种套路贷行为符合诈骗罪的构成要件，对于参与套路贷的代理律师也要分析他的帮助行为属于正当的业务帮助，还是犯罪的帮助行为。

"套路贷"并非百分百邪恶，即便被认定为诈骗，其中依然有正常的借贷成分。最高人民法院的司法解释对于部分的利息是予以支持的。[①] 因此，如果套路贷的行为人聘请律师为其主张债权，即便索要的债权超出了司法解释支持的范围，那这部分债权请求也只是不受法律支持，不能随意把律师的诉讼代理行为看成诈骗的帮助。

刑法上的帮助并不包括日常生活的中立帮助行为，如果一种行为是日常生活或者业务行为中的惯常现象，即便对犯罪行为会起到客观促进效果，也不应以犯罪论处。例如，餐饮店为卖淫女定点提供饭食，即便表面上为组织卖淫罪提供了物理意义上的帮助，但也不构成协助组织卖淫罪。再如，五金店销售刀具给带着大金链的"文身男"，店家售刀前预感顾客可能犯罪，即便顾客最终实施犯罪，店家的行为也不构成犯罪。这也就是为什么最高人民法院、最高人民检察院、公安部、司法部《关于办理恶势力刑事案件若干问题的意见》指出：仅因临时雇佣或被雇佣、利用或被利用以及受蒙蔽参与少量恶势力违法犯罪活动的，一般不应认定为恶势力成员。

刑法是对人最低的道德要求，不能强人所难，更不能用

---

① 参见《最高人民法院关于审理民间借贷案件适用法律若干问题的规定》第二十六条。

圣人的标准来要求被告。很多时候，我们应该有一个代入感，要代入被告的情境，设身处地地想一想，如果你是被告，是否也会去实施类似的行为。刑法中有一种**期待可能性**的理论，其基本精神就是法律要为软弱的人性提供庇护，体恤民众的常情常感。

经典的案件是19世纪德国帝国法院的"癖马案"。被告是一位被雇的马夫，因马有以尾绕缰的恶癖，非常危险，故要求雇主换掉该马，雇主不允，反以解雇相威胁。后被告驾驶马车在行驶过程中，马之恶癖发作，被告无法控制，致马狂奔，将一铁匠撞伤。检察官以过失伤害罪提起公诉，但原审法院宣告被告无罪，德国帝国法院也维持原判，驳回抗诉。其理由是：违反义务的过失责任，不仅在于被告是否认识到危险的存在，而且在于能否期待被告排除这种危险。被告因生计所逼，很难**期待**其放弃职业拒绝驾驭该马，故被告不负过失伤害罪的刑事责任。

司法机关不妨换位思考，想一想如果你是律师，有人让你为他提供民事代理，索要债权，即便债权超过法律规定的利率，你会因为对高利贷的厌恶而拒绝代理吗？如果律师只能为"好人"提供法律服务，那么律师职业就没有存在的必要了。

要求律师在为每一个借贷纠纷中仔细审查纠纷是否属于

刑法罗盘

"癖马案"

套路贷，是否涉嫌诈骗，这可能是对律师职业的过高要求。按照这种逻辑，是否所有曾为套路贷放贷人做出过有利判决的法官都构成（故意的）民事枉法裁判罪，或者（过失的）玩忽职守罪呢？如果这样，没有人敢于从事法律职业，职业的稳定性会荡然无存。

笔者曾遇到一个案例，被告是一位黑车司机，一日两名客人打车去外省，通过乘客的对话，司机知道他们涉案在逃，但司机依然开车前往目的地，在路上被警察拦截，检察机关拟以窝藏罪对司机提起公诉。

司机有三个选项：一是"勇敢型"，义正词严地对乘客说："鉴于你们是犯罪分子，我拒绝为你们提供服务，请立即下车"；二是"机智型"，乘人不备，将车开到派出所；三是"软弱型"，虽然知道自己在帮助犯罪分子逃跑，但由于懦弱，只能选择继续开车。

如果你是司机，你会做何选择呢？

我的选择是第三项。

人们习惯于在自己看重的事情上附上不着边际的价值，司法机关往往过分看重打击犯罪的价值，而忽视了律师职业的稳定性。唐代名臣魏征在弥留之际，曾向太宗皇帝作最后劝谏："天下之事，有善有恶……憎者惟见其恶，爱者止见其善，爱憎之间，所宜详慎……"

爱憎之间，所宜详慎。这个世界存在大量互相冲突的价值，冲突并不意味着善恶对立，很多时候是善与善的冲突，是"好人与好人之间的对抗"。

司法机关不宜夸大自己打击犯罪的目标，也应该尊重其他职业的价值。如果为了打击犯罪，而无视其他职业的正常发展，那么整个社会也会动荡不安。

司法机关与律师同属法律职业，分工虽有不同，目标却是一致的，亦即维护法律尊严，建设法治中国。在这个意义上，法律人本是同根生，理当互相尊重。法律职业任何一环的缺失，都会伤及法治的根本。

愿这些卷入套路贷诈骗的律师同人得到公正的审理，也愿法律人能够尊重彼此的职业，"不嘲笑，不悲叹，不咒骂，但求理解"。

从谣言中发现得失成败

对于网络谣言，其实无须大惊小怪。

首先，与其他形式的谣言相比，网络谣言的产生原因并无特别之处。当下中国，无论哪种谣言，其产生至少有两种诱因。如果不根除这些诱因，即便将互联网从中国"连根拔走"，谣言仍会找到新的传播载体。

一是信息的闭塞。虽然当前我们处于一个貌似信息爆炸的时代，但是权威信息发布的渠道仍然过于单一、速度过于缓慢。

二是传统媒体公信力的下降。媒体从业人员的职业道德参差不齐，以致人们在真伪难辨的信息世界中，常常感到无所适从。这些都为网络谣言的兴起提供了土壤。

其次，某些谣言中可能也包含着真相。"横看成岭侧成峰，远近高低各不同，"是谣言还是真相，一定程度上取决于人们看事物的角度。

谣言之"谣"字，本意是歌谣。《韩诗》解释到："有章曲曰歌，无章曲曰谣"可见，"歌"与"谣"的唯一区别就在于是否有乐曲与伴奏。大多数"歌"都是从"谣"开始，唱的人多了，"谣"也就被整理为"歌"。所以"谣言"的另一种解释是民间流传的针砭时弊的歌谣和谚语。

事实上，有些谣言在某种程度上反映了事实的真相，诚如法国学者勒莫所言："谣言是对失衡或社会不安状况的一种反应。"网络上盛行的种种谣言，在某种程度上是当前中国社会矛盾的风向标，集中反映了人们在哪些方面存在焦虑与不安。一度沸沸扬扬的某医院医生与医药代表性乱感染艾滋病事件，最后虽然证实是谣言，但这种谣言不正是对时下医患矛盾的深刻反映吗？

不管是网络谣言，还是其他形式的谣言，若要治理，首先，是疏通信息管道。谣言如洪水，治谣言也如治水患，不能靠堵，要靠疏导。掌握信息优势的有关部门和权威媒体应当在谣言产生之初就尽可能公布信息。既然造谣者可以利用网络，那么真相的提供者也可充分利用网络，让谣言和真相在信息的大舞台中较量，让真相的滔滔江水将谣言冲刷干净。

其次，媒体应当自律。社会监督是媒体存在的意义，它必须与权力和金钱保持适当的距离。无论是传统媒体还是网络等新媒体的从业人员，都应守住职业底线，恪守客观真实的报道原则。不少主流媒体动辄批评网络信息的庸俗与虚假,但为什么你看别人眼中有刺,却不想自己眼中有梁木呢?当主流媒体充斥虚假报道,舆论监督时常成为牟利的工具,网络世界又怎么可能独善其身?

再次,有关方面不应忽视网络谣言中的有益信息,权力还是应该时常俯就民意。《国语》记载,晋国名臣范文子告诫赵文子:"吾闻古之王者,政德既成,又听于民……风听胪言于市,辨妖祥于谣,考百事于朝,问谤誉于路……先王疾是骄也。"(一个建立德政的君王要时常听取民众的意见,在市场上采听商旅的传言,在歌谣中辨别吉凶,在朝廷上考察百官职事,在道路上询问毁誉,先王最痛恨的就是骄傲。)当网络谣言兴起之时,主事者也应"辨妖祥于谣",在谣言中辨析民众的疾苦,反省执政的疏忽。而不是让谣言消失,让民众噤声。

最后,应为法律治理。网络谣言如果触犯法律,当然应当予以处理。现行法律已经编织了一个足够严密的法网,足够应对包括网络谣言在内的一切谣言。以《刑法》为例,如果谣言危害国家安全,可构成煽动颠覆国家政权罪;如果谣言危及公共安全,可构成编造虚假恐怖信息罪;如果谣言侵害个体利益,比如编造并且传播影响证券交易的虚假信息、捏造并散布损害他人商业信誉和商品声誉的虚伪事实、诽谤他人名誉，自然也可构成相应的犯罪。不过，针对国家、社会和公众人物的谣言，法律应有足够的容忍，如果谣言没有清楚且现实地造成实质的危害，不宜轻易动用法律武器。

你的权利

你的权利

主张权利，你怕了吗？

近年来，敲诈勒索这个罪名十分常见。2019 年引起舆论关注的就有两条：一是山东胶州农民王书某房屋被强拆后，因索要赔偿而被判敲诈勒索罪；二是×为公司前员工李洪元因索要 30 万元离职补偿款，被控敲诈勒索。

对王书某案，青岛市中级人民法院二审维持原判，即被告犯敲诈勒索罪，判刑三年半，罚款五万元。[①] 对李洪元案，深圳市龙岗区人民检察院认为犯罪事实不清、证据不足，不符合起诉条件，决定对李洪元不起诉，李洪元在被刑事羁押八个多月之后重获自由。

针对李洪元案，×为公开回应称，"×为有权利，也有义务，并基于事实对于涉嫌违法的行为向司法机关举报。我们尊重司法机关，包括公安、检察院和法院的决定。如果李洪元认为他的权益受到了损害，我们支持他运用法律武器维

---

① 《山东农民被判敲诈勒索，青岛中院：以影响地方政府形象为要挟内容》，载搜狐网，https：//www.sohu.com/a/357147692_100103081，最后访问时间：2020 年 8 月 19 日。

护自己的权益,包括起诉×为。这也体现了法律面前人人平等的法治精神。"①

这份字字正确却毫无温度的回应,毫无意外地引起了舆论的反弹,但这不在本文的讨论范围,我们还是回到那个常见的罪名"敲诈勒索"上来。

在司法实践中,敲诈勒索往往与维权相联系——行为人认为自己是维权,对方却认为被敲诈勒索了。

与李洪元案类似的有2006年年初的"黄静案"。黄静是一位女大学生,购买了质量不合格的×硕笔记本电脑,在送修过程中,又发现对方使用了测试版的处理器,于是以向媒体曝光为筹码,向×硕公司索赔500万美元。后黄静及其代理人却因此被控敲诈勒索,拘押长达十月之久。

2007年11月,北京市海淀区检察机关对此做出"不起诉"决定。2008年6月16日,检察院发给黄静的《审查刑事赔偿申请通知书》中称:黄静采用向媒体曝光的方法,将×硕公司使用测试版CPU的事件公之于众,并与×硕公司谈判索取赔偿,该方式虽然带有要挟意味,但与敲诈勒索罪中

---

① 《×为昨晚回应后,李洪元再次发声!》,载腾讯网,https://new.qq.com/omn/20191203/20191203A0D85I00.html,最后访问日期:2020年3月17日。

的胁迫有质的区别，黄静在自己的权益遭到侵犯后，以曝光的方式索赔，索要500万美元属于维权过度，但不是敲诈勒索犯罪。①

两起案件的共通之处在于：行为人向大企业维权，而企业却认为被要挟且索要赔偿数额过高，因而被敲诈勒索了；两起案件都以"不起诉"作结，但行为人却都因此备受煎熬。

在我国《刑法》中，敲诈勒索罪采取了简单罪状的表达方式，没有详细阐述敲诈勒索罪的构成要件。这也是为什么敲诈勒索罪在司法实践中经常被滥用。

刑法理论普遍认为，成立敲诈勒索罪必须同时具备客观和主观两个方面的要素。在客观上，行为人必须采取恐吓行为让他人陷入恐惧交付财物；在主观上，行为人要出于非法占有的目的，也即主张自己并不存在的权利。

如果行为人有正当的权利基础，那就不可能具备非法占有的目的。这就涉及敲诈勒索罪中一个重要的出罪事由：**权利行使**。只要行为人有主张权利的正当基础，那么他无论采取何种手段去积极地主张自己的权利，都不构成敲诈勒索

---

① 《×硕案女主角黄静：维权过度不算犯罪》，载搜狐网，http：//news.sohu.com/20081219/n261304697.shtml，最后访问日期：2020年3月1日。

罪。当然，如果行权手段不合理，比如以非法拘禁、故意伤害等方式去行使权利，其手段行为可能构成其他犯罪。

所以问题的关键在于，什么是正当的权利？何谓权利的正当基础？

有些司法人员认为，只有法律规定的权利才是权利。行为人索赔必须根据法律规定来确定数额，只要超出法律规定的一分一毫，那就可能涉嫌犯罪。比如在"黄静案"中，有人就认为，笔记本电脑存在质量问题，那就应该按照《产品质量法》的规定来赔偿损失。如果超出了这些数额，就系法外行权，强行索赔就有可能以敲诈勒索罪论处。

这是对权利的误解。**权利不仅包括法定权利，还包括道德生活所许可的各种自然权利。**法律没有规定我开会时有发呆、不鼓掌的权利，但是我可以发呆，也可以不鼓掌；法律也没有规定我有吃夜宵的权利，但我一天想吃几顿就可以吃几顿；法律更没有规定恋人之间有亲昵的权利，但是恋爱中，只要双方同意，法律就不能干涉恋人之间的亲密举动。如果人们只能拥有法律所规定的权利，那么这个世间与牢笼何异？

我国《刑法》只规定了正当防卫和紧急避险两种排除犯罪性的事由。如果按照法定权利说，只要法律没有规定的行权行为就一律不能视为正当，那么大量的正当化行为都会以犯罪论处。

事实上，在法定之外还有许多超法规的排除违法性事由，许多道德赋予我们自由行事而不受刑罚干涉的权利。比如医生对患者进行的医疗手术，表面上这符合故意伤害罪的构成要件，但这是一种正当业务行为，为道德生活所允许。

所以法治原则从一开始就明确：私人权利不是法律所赋予的，只要法律没有禁止，都是可以做的。

换句话说，权利的行使是一种私人自治的行为，法律没有必要太多干涉。只要一种权利具有道德上的正当性，即便在法律上没有明确的规定，这种行使权利的行为也不应该以敲诈勒索罪论处。

在上述案件中，行为人的索赔均被认为是"过度"了。那么，这个"度"在哪里，过度就是敲诈勒索吗？对于侵犯人身权的案件，由于精神赔偿没有上限，因此无论主张多少赔偿，都不会超越法律边界。对于侵犯财产权的案件，虽然不允许精神赔偿，但主张权利本身并不违法。即便行为人"漫天要价"，这也只是一个协商的过程，在这个过程中，开具任何条件都是可以的，商家有权接受，也有权拒绝。不能认为开的条件过高就是敲诈，开的条件可以接受就是维权。

需要简单说明的是，积极的权利行使与消极的权利放弃不同。如果行为人通过要挟手段，以消极放弃权利为由索要财物，那是有可能构成敲诈勒索罪的。比如，行为人以揭发受害人通奸为要挟向其索要财物，这里，行为人有揭发或者言论表达的权利，他以放弃这种权利来索要财物，不能构成排除敲诈勒索罪的事由。但如果行为人的诉求存在正当的权利基础，比如被害人欠债不还，行为人以揭发通奸相要挟索要债权，这就不构成敲诈勒索罪。总之，无论采取何种手段，积极行使权利的行为都不应该以敲诈勒索罪论处。

都是敲诈勒索的案件，但文章开头提到的王书某的案子有一处显著不同，即行为人被控敲诈勒索的对象是当地政府。这里我们又触及了一个老问题——政府能否成为敲诈的对象？

笔者的答案是，不能。

因为公权力没有讨价还价的空间，和私权利不同，公权力是法律所赋予的，凡是法律没有授权的，公权力就不得妄为。如果政府也能"被要挟"，公权力也能拿来"做交易"，那么公权和私权的界限就不复存在了。

相似的话，笔者已经提过很多次，无奈相似的案件一再发生，所以也只好一说再说：对私权而言，凡是没有禁止的，都是可以做的；对公权力而言，没有允许的，都是不可为的，不能颠倒。

德国法学家耶林在《为权利而斗争》的演讲中这样说道：

权利涉及的不仅仅是区区标的，权利关乎人格、名誉、法感情，以及作为人的自尊。而"权利的前提就在于时刻准备着去主张权利"，那种"不争"鸵鸟处世观是"懒怠的道德，它为具有健全的法感情的国民和个人所不屑一顾，是病态的、麻木的法感情的表象和产物"。

在建设法治中国的当下，法律应当鼓励民众去行使权利，为权利而斗争，而不是相反。×为当然可以行使企业的合法权利，但一个健康的法治社会的标志，不是强者恒强，而是作为弱者的个体也可以积极地行使权利，而不必惧怕无端的羁押。

刑法罗盘

你知道你的权利吗？

在这个喧嚣的世界里，每天都有热点。而许多热点事件都有一个共性，那就是与权力有关。这里所说的权力并不限于政治权力，还包括社会权力、学术权力等诸多对他人有操控性的力量。

政治权力具有天然扩张的倾向，就像霍布斯所说的利维坦，具有吞噬一切的功能。在这种扩张的过程中，权力的拥有者很容易忘乎所以，忽略自己内心也有幽暗的成分。因此洛克认为，政府不过是一种"必要的恶"，其功能仅在于维护一个公道的秩序，使生活于其中的人们能充分享有自己的自由。政府的目的在于"保护他们的生命、自由和产业，即一般称之为财产的东西"，政府如果违背这个目的，就是渎职。

对于政治权力，至少有两种对它的限制方法。

一是以权力（power）制约权力（power）。将权力分割成数份，相互之间制约以达到一种平衡。孟德斯鸠认为，自由只存在于权力不被滥用的国家。为了限制权力，国家的权力应当分立以制衡。

二是以权利（right）制约权力（power）。政治权力存在的根据是保证个人自由发展而不是取缔自由，因此它的范围不是无限的，而应有一个限度，这个限度就是维护个人独立与发展。因此必须保证人们享有一个确获保障的私域（protected sphere），亦称确获保障的自由领域（assured free sphere）。

因此，个人应当享有一些自由，或说权利，而这些自由或权利是任何权威都不得僭越的。

但是，权利从来不是从天而降的，它必须靠争取。在《为权利而斗争》的演讲中，耶林激动不已地告诉人们：

"所有的权利都面临着被侵犯、被抑制的危险，因为权利人主张的利益常常与否定其利益主张的他人的利益相对抗。所以权利的前提就在于时刻准备着去主张权利，要实现权利，就必须时刻准备着为权利而斗争……

"一个人放弃自己的权利，从法律本身的规定来说并无不可。因为权利只是一种选择的自由，当事人完全可以根据自己的判断选择是为和平而放弃权利还是为权利而牺牲和平。但如果从功利主义的角度来考察其社会影响，放弃权利的行为就是非常危险的，因为当这种行为成为一种社会普遍现象的时候，无疑是对非法行为的纵容和鼓励，法律自身的权威将受到严重的挑战,法律的功能将得不到发挥,社会秩序也就很难得到有力维护了。"

当然,和政治权力一样,社会权力同样应当受到约束。

人心都有幽暗的成分,这是法治的前设。

法治的使命,在于通过合理的制度安排将人性的这种破坏性的危害降至最低。

人们在追求公益的时候,很容易忘记人性的幽暗。涉及公益人士的丑闻因而屡见报端,热心公益成为他们掩饰恶行的面具。

有这样一个故事。朋友三个,都是很热心公益的人:

A致力于为互相打斗的人带来和平;B选择照顾患病的人;而C却走入沙漠静静地生活。A在喧闹的人群中疲于奔命,仍无从带来和平,于是他走到照顾病人的B那里,却发现那人也已筋疲力尽。两人找到沙漠里的C,将困扰告诉他,并问他究竟做了什么事。C倒了碗水,让他们看这水。那碗水十分浑浊。过了些时辰,C叫他们再看。这时泥沙已经沉淀,水面如镜子般照出A和B的脸。C于是答道:住在人群中的人,因为周围的骚扰而看不见自己的问题,但如果他安静下来,特别是在沙漠里安静下来,他便看见自己的缺点。

学术权力同样如此。知识本来就容易使人自大,在追求知识的过程中,学者很容易变得傲慢以致忽略自己内心的邪恶与有限。苏格拉底被誉为西方第一位大哲学家。他说:我知道我一无所知。真正的学术不是为了炫耀已有的知识,而是承认自己是如此的无知,发自内心地感恩自己能够获得真理的启示。

认识你自己。这是人类一切事业的起点。

没有人能够靠着自己掌握绝对的真理,任何权力都有出错的可能,谦卑是一切权力的必修课。

耒阳故事
——城市扩张与义务教育

2018年开学第一天,家乡耒阳以一种意想不到的方式卷入舆论的风暴眼。耒阳警方通报:9月2日凌晨,耒阳警方依法处置一起聚众冲击国家机关案件,抓获违法犯罪嫌疑人46名。①

事情肇始于该市上半年开始推行的大班额化解分流改革方案。根据《耒阳市2018年消除义务教育阶段学校超大班额工作实施方案(征求意见稿)》(以下简称《征求意见稿》),该市必须于2018年内全部消除66人以上超大班额,而实现这一目标,全市需增加学位10731个。故拟采取农村学校和民办学校校内扩容增班、城区公办初中压缩起始年级招生规模,以及整体搬迁鹿峰学校至湖南师大附中合作办学等措施,快速有效消除该市义务教育阶段学校超大班额。

---

① 《耒阳处置聚众冲击国家机关案件!》,载搜狐网,https://www.sohu.com/a/251459373_419342,最后访问时间:2020年4月20日。

由于湖南师大附中耒阳分校系民办学校，而且离市区较远，许多家长无法接受分流方案。加上有网民发帖传言该校新宿舍装修甲醛超标，故而引爆冲击事件。

根据报道，当地公办教育学位严重不足，但民办教育教育学位严重过剩。政府为了完成大班额化解分流任务，不得不向民办学校购买学位以解决困难。

根据《征求意见稿》，制订实施方案的依据是《国务院关于统筹推进县域内城乡义务教育一体化改革发展的若干意见》（国发〔2016〕40号，以下简称《国务院义务教育意见》）和《湖南省人民政府关于统筹推进县域内城乡义务教育一体化改革发展的实施意见》（湘政发〔2017〕20号，以下简称《湖南省政府实施意见》）以及《关于消除全省义务教育大班额有关问题的会议纪要》（湘府阅〔2018〕14号）等文件。

的确，《国务院义务教育意见》明确提出了大班额消除计划，该意见指出："省级人民政府要结合本地实际制订消除大班额专项规划，明确工作任务和时间表、路线图，到2018年基本消除66人以上超大班额，到2020年基本消除56人以上大班额。"

《湖南省政府实施意见》也指出：各市州、县市区人民政府要结合本地实际制订消除大班额专项规划，明确工作任务和时间表、路线图。到 2018 年基本消除 66 人以上超大班额，到 2020 年基本消除 56 人以上大班额；鼓励有条件的地方提前消除大班额，按标准班额办学。

但国务院和湖南省的文件只是要求 2018 年基本消除 66 人以上的超大班额，但不知为何耒阳市却制定了必须于 2018 年内全部消除的"大目标"。

《征求意见稿》提出了实施该目标的三点原因：

第一是落实上级政策的迫切需要。"《关于消除全省义务教育大班额有关问题的会议纪要》（湘阅府〔2018〕14 号，以下简称《会议纪要》）要求我市必须于 2018 年内全部消除 66 人以上超大班额，2019 年内基本消除 56 人以上大班额。这是硬性指标，硬性要求。"

第二是确保迎检达标的迫切需要。"今年我市将接受省'两项制度'评估考核和全国义务教育均衡县市达标验收，其中大班额是一项极为重要指标。超大班额的存在，严重影响生均校园、校舍、运动场所等几项重要指标，对我市能否通过评估、验收至关重要。"

当然，还有第三点——办好人民满意教育的迫切需要。

可能是因为上级政策的迫切和达标检查的临近，使得该市在推行大班额化解分流改革方案时如此雷厉风行，以致引起一众家长的强烈反应，使得第三点理由大打折扣。

缓解严重的大班额问题无可厚非，但政府行为必须严格按照法律规定，而不能凭热心率性而行。

《国务院义务教育意见》和《湖南省政府实施意见》只是行政法规和地方性法规，如果与全国人大及其常委会制定的法律发生冲突，那就当然没有法律效力。至于《会议纪要》，那属于行政规范文件，其效力等级更低。

《义务教育法》第二条明确规定："国家实行九年义务教育制度。义务教育是国家统一实施的所有适龄儿童、少年必须接受的教育，是国家必须予以保障的公益性事业。实施义务教育，不收学费、杂费。国家建立义务教育经费保障机制，保证义务教育制度实施。"

第十二条第一款规定："适龄儿童、少年免试入学。地方各级人民政府应当保障适龄儿童、少年在户籍所在地学校就近入学。"

中华人民共和国教育部关于义务教育法的答疑中指出："根据原国家教育委员会《关于制定义务教育办学条件标准、义务教育实施步骤和规划统计指标问题的几点意见》的规定，学生居住地与学校距离原则上应在3公里以内。"[①]

[①] 《〈义务教育法〉答疑（3）》，载教育部网站，http：//www.moe.gov.cn/s78/A02/moe_627/201108/t20110816_123320.html，最后访问时间：2020年3月1日。

"就近入学"的规定，是一项义务性规范（即规定必须采取某种行为的法律规范），而且是明示性的义务。

经查，湖南师大附中耒阳分校处于耒阳市郊区，距离该市主要地标都远超三公里（距市区五一广场9.1公里，距发明家广场8公里）。在北上广深这种一线城市，八九公里可能不算什么，但是对于一个县城而言，这种距离对很多家长可能就会成为一个问题。

《义务教育法》第十六条规定："学校建设，应当符合国家规定的办学标准，适应教育教学需要；应当符合国家规定的选址要求和建设标准，确保学生和教职工安全。"

《湖南省实施〈中华人民共和国义务教育法〉办法》第十七条也规定："学校应当符合国家和省制定的校舍建设标准和设施设备装备标准。新建学校达不到标准的，不得投入使用；现有学校未达到标准的，县级人民政府应当组织对其实施改造。"

如果校舍甲醛超标传言属实，那么仓促让学生入住，显然是不合理的。

即便不考虑上位法问题，耒阳市教育部门缓解大班额的"跃进式"做法也与法治精神相去甚远，它违背了行政法的比例性原则和法的安定性精神。

比例性原则是指行政主体实施行政行为应兼顾行政目标

的实现和保护相对人的权益，如果行政目标的实现可能对相对人的权益造成不利影响，则这种不利影响应被限制在尽可能小的范围和限度之内，二者有适当的比例。

关于手段和目的应当匹配。马丁·路德·金说：手段代表着正在形成中的正义和正在实现中的理想，人无法通过不正义的手段去实现正义的目标，因为手段是种子，而目的是树。

缓解大班额问题的目的是孩子能够拥有更好的教育，但目的正确不自动等于手段的正确。当地所采取的方案是否存在其他更合适的替代手段，是否还有更加温和、对民众权利损害最小的方式，这都是值得深思的。

至于法的安定性，就是法律要赋予民众的合理预期。保罗·库克说道：

"安宁与安定是第一大权益，法律必须为我们保障二者。即使我们应当处于一种有关法律最高目的的基本的、无法解决的矛盾之中，就法律如何才能实现我们都关心的间接目的这一问题，我们仍然能够取得一致。"①

中国的家庭对于子女教育格外重视，因此人们在选择居住地点、工作单位等诸多人生大事中都会充分考虑孩子的上

---

① ［德］拉德布鲁赫：《法哲学》，王朴译，法律出版社2005年版，第74页。

学问题。而如果当孩子在一个地方上了四年学，突然要转到其他地方，这必然会极大影响民众的既定安排，伤害人们的合理预期。

另外，缓解大班额，那是否还有没有分流而继续留下上学的学生？哪些学生可以留下，哪些学生必须分流，家长由此产生的额外花费如何补偿，是否有正当程序保证分流人员遴选的公平，这都是必须考虑的。

耒阳是一座县级市，但其人口规模已经达到了过去中等城市的标准，城市的不断扩张让教育资源捉襟见肘。

按理来说，城市的发展必须与教育资源的递增同步。事实上《湖南省实施办法》也规定："在城市新区建设居民住宅区，或者在旧城区成片建设居民住宅，当地县级人民政府应当按照规划要求建设学校，并与居民住宅同时投入使用。在旧城区分散建设居民住宅，预计入住的适龄儿童、少年人数明显超过当地义务教育学位容量，需要调整学校设置规划的，在规划调整前，城乡规划主管部门不得许可建设居民住宅。"

但是，在城市"摊大饼"的过程中，这些规定被忽视了。据报道，当地的"小目标"就是建设湘南区域性中心大城市，其规划是要达到相当高的城镇化比率。为了实现这一目标，城市的框架被不断拉大。① 北扩东移、西拓南提成为这座县城扩容的关键词。这座县城也将建成湖南省第一条县级城市的外环线。

这种宏大的愿景让城区配套等问题越来越大，教育资源不足只是其中一个方面。

耒阳的"城市病"提供了中国城市发展的一个缩影。作为一个县级市，当地高楼林立，30多层的楼宇就有一百多栋，丝毫不逊色某些中等城市。高楼之下，耒阳却经历着财政困难、经济萎缩的暗涌。耒阳主要的财政收入来自煤炭经济，而煤炭产业自2012年以来持续低迷，加上近年来政府性基金收入走低，该市"财政已经入不敷出"②。鉴于1985年财政分权改革以来，义务教育支出的主要责任在地方财政，可想而知今日之耒阳就算有心在义务教育上增加投入，也是力不从心了。

耒阳的故事似乎再一次印证了安德鲁·劳伦斯的"摩天大楼指数"（Skyscraper Index）。这个指数告诉我们：摩天大

---

① 《媒体称湖南未来5年将建成一批"超级县城"》，载凤凰网，http://hunan.ifeng.com/xzqh/hy/detail_ 2013_ 05/15/803069_ 0. shtml，最后访问时间：2020年8月19日。
② 《耒阳市财政局：耒阳财政5月末按期发工资》，载搜狐网，https://www.sohu.com/a/234792393_ 618580，最后访问时间：2020年3月1日。

楼建成之时，就是经济危机显现之时，虽然看似荒诞不经，却为历史的演绎一再印证：1873年公平人寿保险大厦（高约43米，当时世界第一高楼）建成，同年美国"长通缩"（Long Depression）开始；公园街大楼和费城市政厅的修建则预示了1901年纽约证券交易所的第一次崩盘；华尔街40号、克莱斯勒大厦、帝国大厦相继建成之时，正是"大萧条"蔓延之时；马来西亚双子塔落成的1997年，东南亚金融危机爆发……

据报道，耒阳官方已就冲击事件所反映的问题做出回应，承诺"认真听取、采纳群众合理诉求"，对分流学生学费将按照公立学校标准收取，对校舍进行权威专业检测等。或许，在这开学的第一课里，他们终将学会：上级政策再迫切，迎检达标再急促，那也赶不上人民对满意教育的迫切需要。

而这也是法治对各级主政者们的基本要求。

为何维权沦为敲诈勒索

敲诈勒索似乎成了一个常见的罪名,《刑法》的规定也很简单,它包括两种类型,一是敲诈勒索公私财物,数额较大;二是多次敲诈勒索的。该罪最高可判十年以上有期徒刑。

由于《刑法》规定非常简单,以致这个罪名在司法实践中经常被误用。

敲诈勒索以非法占有为目的,通过要挟手段让被害人陷入恐惧,进而交付财物。

在敲诈勒索罪中,最重要的辩护理由就是权利行使。如果行为人拥有正当的权利基础,那么行使权利的行为就不成立敲诈勒索罪。

当然,如果行权方式不合理,用不正当的手段去追逐正当的目的,手段行为可以评价为其他犯罪。比如以非法拘禁或故意伤害的手段去行使权利,无论是否有正当的权利基础,这些不正当的手段都可能单独构成非法拘禁或故意伤害罪。

对这个问题，大陆法系和英美法系持相似立场。比如，美国《模范刑法典》对于财产性犯罪规定了"权利行使"这个一般性的辩护理由，"如果行为人真诚地认为他对某种财产或服务具有取得或处置的权利"，就可否定财产犯罪的存在。同时，在敲诈勒索型的财产犯罪中，《模范刑法典》具体列举了揭露犯罪、暴露他人隐私、损害商誉等各种威胁手段，同时也明确指出：如果行为人真诚地认为采取上述行为，是为了索取相应的赔偿，那就属于积极的辩护理由。

在日本，最高裁判所有判例指出，"相对于他人而拥有权利的人，只要其权利的实行是在权利的范围内，而且其方法没有超过社会观念上一般认为应予容忍的程度，就不产生任何违法的问题。"①

我国最高人民法院发布的司法解释也体现了这种精神。如2005年6月8日《关于审理抢劫、抢夺刑事案件适用法律若干问题的意见》规定："行为人为索取债务，使用暴力、暴力威胁等手段的，一般不以抢劫罪定罪处罚。构成故意伤害等其他犯罪的，依照刑法第二百三十四条等规定

---

① ［日］大塚仁：《刑法概说（分论）》，冯军译，中国人民大学出版社2003年版，第270页。

处罚。"

问题在于,什么样的权利是一种正当权利呢?法定权利还是道德权利?

一个典型的案件是"结石宝宝"父亲郭利案。郭利,一名同声传译的自由职业者,38岁那年迎来了他的宝贝女儿。2006年9月,经过慎重的选择,他将"美国××婴幼儿奶粉"作为女儿唯一的奶粉食品。三聚氰胺"毒奶粉"事件曝光后,2008年9月23日,郭利带着两岁半的女儿去医院检查,结果显示孩子的肾脏功能已受损。2009年4月,郭利将女儿吃剩的奶粉送检,发现其中部分奶粉的三聚氰胺含量严重超标。郭利后向××公司提出索赔,索赔金额为300万人民币。2009年7月,郭利因涉嫌敲诈勒索罪被广东省潮安县警方刑拘。2010年1月8日,潮安县人民法院做出一审判决,认定郭利构成敲诈勒索罪,处有期徒刑5年。二审法院潮州市中级人民法院随即维持原判。①

郭利一案被媒体广泛报道。2010年7月,广东省高级人民法院做出再审决定,认为案件"在程序上存在不符合刑事诉讼法规定的情形,确有错误",指令二审法院再审。2010

---

① 《结石宝宝家长郭利"敲诈勒索"案再审》,载新浪网,http://finance.sina.com.cn/roll/20101112/16228945334.shtml,最后访问时间:2020年8月19日。

年年底，潮州市中级人民法院再审认为原审裁判"审判程序合法，量刑并无不当"，裁定维持原判。郭利服刑期间拒不认罪，无法减刑，2014年刑满释放。郭利继续申诉，2015年3月，广东省高级人民法院对案件作出再审决定，认为"原判事实不清、证据不足"，并同时决定提审此案。2017年4月7日，广东省高级人民法院对郭利敲诈勒索一案进行公开宣判，再审改判郭利无罪。

值得一提的是，2016年9月19日通过、2017年1月1日实施的《最高人民法院关于办理减刑、假释案件具体应用法律若干问题的规定》（以下简称《减刑规定》）对减刑的条件"认罪悔改"有一个非常特别的规定，"罪犯在刑罚执行期间的申诉权利应当依法保护，对其正当申诉不能不加分析地认为是不认罪悔罪"。也许郭利案对这个条款有着重要的贡献。

在与郭利案同类的案件中，一个突出的问题是：如果索赔金额超越了法律的规定，那就应以敲诈勒索罪论处吗？

对于有些司法人员而言，只有法律规定的权利才是权利。因此，索赔必须严格根据法律规定来确定数额，如果肾脏功能受损，那就应该按照医疗单据上所显示的花费来进行赔偿。至于食品存在安全问题，根据《食品安全法》的规定，最多也只能赔偿食品价格的十倍。如果超出了这些数额，就没有法律依据，强行索赔就有可能以敲诈勒索罪论处。

这种见解忽视了起码的法治观念。法治的基本原理告诉我们：对公权力而言，凡是没有允许的，都是不可为的；对私权力而言，凡是没有禁止的，都是可以做的。

私人权利不是法律所赋予的，只要法律没有禁止，就是民众的权利之所在。相反，公共权力才是法律所赋予的，只要法律没有授权，公共权力就不能轻举妄动。但有不少执法者完全弄反了——对于私权，法无允许不可为；对于公权，法无禁止即可为。

因此，权利的行使是一种私人自治的行为，法律没有必要太多干涉。只要一种权利具有道德上的正当性，即便在法律上没有明确的规定，这种行使权利的行为也不应该以敲诈勒索罪论处。

如果按照法定权利说，只要法律没有规定的行权行为就一律不能视为正当，那么大量的正当化行为都会以犯罪论处。

我国刑法只规定了两种法定的排除违法性的正当化事由，一是正当防卫，二是紧急避险。但是，除此以外还有大量的超法规的排除违法性事由，如义务冲突、推定承诺、医疗行为、自救行为等。比如，某人发现自己被偷的摩托车，于是将其骑回，表面上符合盗窃罪的犯罪构成，但是违法吗？当然不违法，这种自救行为是道德生活所许可的。

"超法规的排除违法性事由"这个概念是德国刑法学家威尔采（Welzel）对刑法理论的重要补充。威尔采认为，只要行为符合历史所形成的社会伦理秩序，就具有社会相当性，而非违法行为。他将道德规范作为排除违法的实质根据，以限制刑罚权的过分扩张，"让刑法学从死气沉沉的博物馆回到富有活力的社会生活中来"。将道德规范作为违法排除事由的实质根据，必然会使司法机关考虑社会生活的实际需要，顾念普罗大众的常情常感，走出法律人自以为是的傲慢，避免司法的机械与僵化。

一段时间以来，人们过分地强调法律与道德的区分，害怕以模糊的道德作为发动刑罚的根据会与罪刑法定原则严重抵触。这种认识只具有片面的合理性，因为它忽视了消极的道德主义。道德主义可以区分为作为入罪的积极道德主义和作为出罪的消极道德主义，积极道德主义是应当反对的，但消极道德主义在世界各国都被普遍接受。总之，一种违反道德的行为不一定是犯罪，但一种道德所许可甚或鼓励的行为一定不是犯罪。

因此，只要行为人的权利请求是道德上所认可的，这种行为就属于违法排除事由，不构成敲诈勒索罪。事实上，在许多"天价索赔案"中，过高的索赔金额不仅在道德上具有正当性，甚至对社会也有积极作用。中国产品质量远未达到让人放心的程度。就拿食品行业来说，俗话说"民以食为天"，但天塌下来也不是一次两次了，以至于有人调侃道"很多中国人是在食品中完成了化学扫盲的"。不难想见，如果受害者都敢于天价索赔的话，我们的食品问题会少得多。在我看来，法律对此不仅不应惩罚，反而应该鼓励。

另外一个突出的问题是政府能否成为敲诈的对象。有不少上访户以越级上访相要挟，向地方政府索要经济补偿。这类案件如何处理，各地法院判决不一，有罪判决和无罪判决并存。无罪判决中有的认为以上访进行"威胁或者要挟"，不足以使政府因恐惧而被迫交出财物，检方指控访民犯敲诈勒索罪的证据不足或不充分。更有判决明确指出，"政府不能成为被要挟、被勒索财物的对象"。

需要说明的是，这类案件一般又可分为两类，一是针对官员个人，二是针对地方政府。对于前者，认定为敲诈勒索罪没有问题，官员也是公民，他也有自己的合法权利。如果上访户对某乡长说，如果你不给我钱，我就去上访，给你抹黑，让你没法提拔，官员无奈，自掏腰包花钱买平安。这当然构成敲诈勒索罪。

但是对于第二种情况，行为人所针对的是地方政府。

所要"敲诈勒索"的是集体而非个人。如果成立敲诈勒索罪，那么政府就将成为"被害人"，这会导致整个法秩序的错乱。

前面说过，公共权力是法律所赋予的，凡是法律没有授权的，公共权力就不得妄为。公权力没有讨价还价的空间，如果上访者的要求合法合理，就应当按照法律规定满足，如果不合理，就应当按照法律法规予以拒绝——如果超越法律规定，碍于上访压力予以同意，那这种行权方式本身就是滥用职权，涉嫌渎职犯罪。

而如果政府也能"被要挟"，公权力也能拿出来"做交易"，那么公权和私权的界限就不复存在了。试想行为人向政府索要补偿，不是直接依法处理，而是先"私了"，如果谈不拢，则行为人可构成敲诈勒索的未遂；如果谈拢了，而政府又觉得受到了要挟，那么行为人构成敲诈勒索的既遂，政府相关主管人员则构成滥用职权罪——总之结局不是抓人就是被抓。

可见，政府不能成为敲诈勒索罪的对象，否则公权沦为私权，私权不复存在。公私不明，国之大忌。

与郭利案原判法院不远的汕尾市中级人民法院2018年也处理了一起维权索赔案。公务员蒋某某因维权被法院以敲诈勒索罪判处有期徒刑十年三个月。根据法院判决书，蒋某某所犯的一起重要敲诈行为的被害人是其所住小区开发商朱某某。判决书称：2013 年 2 月，朱某某因多次遭业主举报侵占业主停车场、改变小区设施用途，被有关部门调查并处罚，"被迫"和业主委员会签下了赔偿业主 50 万元的协议书。这份协议书在签订 4 年后，成了指控业主代表蒋某某敲诈的"铁证"。蒋某某不服判决提出上诉，汕尾市中级人民法院认为事实清楚，决定不开庭审理。2018 年 9 月 4 日，汕尾市中级人民法院作出二审裁定：驳回上诉，维持原判。①

既然存在正当的权利基础，维权就绝不能以敲诈勒索罪论处。蒋某某认为自己因为举报领导，所以被打击报复，据说他已在狱中提起申诉。也许，他要感谢郭利，因为郭利案后出台的《减刑规定》赋予了服刑人员的申诉权，行使申诉权不能一律认为是不认罪悔罪。

为什么上述案件中的维权会沦为犯罪，这是每一个关心中国法治建设的人都应该思索的问题。

我们无从揣摩每个案件背后有哪些神秘莫测的因素，但可以确知的是，如果刑法不考虑伦理道德的需要，那么法定

---

① 《干部举报有关领导后 因 4 年前的维权被判敲诈勒索》，载搜狐网，https://m.sohu.com/a/302237155_420076，最后访问时间：2020 年 8 月 19 日。

权利说就必然具有存在的合理性，类似"郭利案"的索赔行为论以敲诈勒索的案件就会层出不穷。而没有良知的法律技术主义不仅会毁灭法律，也会毁灭社会，历史上的教训已经足够惨痛。

更重要的是，公权与私权的界分必须分明。愿这句法治的启蒙信条依然能够为所有的法律人所牢记：

对于公权力，法无授权即是被禁止的；对于私权力，法无禁止即是被允许的。

"小三"有权利索赔吗？

某吴姓艺人"出轨门"中，女子涉嫌敲诈勒索罪引起坊间热议。据女方父母公开信，女方成为吴某地下恋人已有七年时间，公开信对于吴某将感情纠纷诉诸法律感到非常愤怒。

在司法实践中，由于索赔而触犯敲诈勒索罪的案件随处可见。

争议的焦点在于行为人有无正当的权利基础。

敲诈勒索罪是一种侵犯财产法益的犯罪，如果行为人拥有正当的权利基础，那么行使权利的行为就不成立敲诈勒索罪。

问题在于，如何判断权利基础的正当性呢？

在给出答案之前，有两对关系有待厘清：

第一是法定权利与道德权利的关系。

在敲诈勒索罪中，如果利益受损的行为人有法定的权利去主张赔偿，这自然不构成犯罪。当前，这种法定权利一般都有道德上的支持。复杂的是，如果利益受损的行为人仅有道德权利，而无法定权利去主张赔偿，这是否构成敲诈勒索罪呢？

比如行为人发现妻子与他人通奸，非常生气，要求对方赔偿自己5万元家庭关系维护费，否则就要痛殴对方，他人无奈遂赔款了事（通奸索赔案）。在这类案件中，妻子通奸，丈夫并无法定的权利向第三者主张赔偿。

如果正当权利仅限于法定权利的话，那就会有大量行使权利的行为都会被犯罪化，司法也不可避免地会走向机械和僵化。在之前笔者讨论过著名的郭利索赔案，郭利的女儿是三聚氰胺乳制品的受害人，后向乳制品公司提出索赔，索赔金额为300万元人民币。但法院因为索赔金额超过法律规定，在2010年以敲诈勒索罪未遂判处郭利五年有期徒刑，郭利服刑期满后坚持申诉，终于在2017年被宣告无罪。

因此，法定权利说是错误的，在权利行使这个问题上，司法机关不能只考虑法律规定，而需考虑道德规范的要求，否则司法人员就会成为"法律机器人"，无视道德生活对刑法的制约，也将导致法外的正当化事由在刑法中的消解。

在我国刑法中，除了正当防卫和紧急避险两种法定的正当化事由（justification），还有大量法外的正当化事由，比如医疗行为、得到被害人承诺等。只要是道德生活所鼓励的行为，就属于法外的正当化事由，因而也不属于犯罪。例如教师面临义务冲突，孩子和学生同时失足落水，救助孩子是法定义务，救学生是道德义务（假定不存在先行行为），如果教师先救学生，孩子溺水而亡。法定义务高于道德义务，教师似乎构成犯罪。然而此行为却是伦理所鼓励嘉奖的行为，刑法自然不能惩罚。

可见，只要行为人有道德上的权利基础，他的权利行使就属于正当化的事由，自然不构成敲诈勒索罪。

第二是主观权利与客观权利的关系。

权利本应是客观的，但在司法实践中，屡见不鲜的一种现象是，行为人真诚地相信自己利益受损，拥有索赔的权利，但这种权利却在客观上缺乏相应的法律或道德基础。比如有天价索赔案：行为人从啤酒中喝出一块玻璃碴儿，来到啤酒公司总部提出5000万元的天价索赔，否则就向媒体或消协告发。在这类案件中，行为人索赔金额明显超过法律和道德限度，但如果行为人真诚地相信自己可以提出这样的天价索赔，又该如何处理呢？

这其实属于对权利行使的认识错误，也即假想的正当化。对此问题的处理，历来存在争议。主观主义认为，应该根据行为人自身立场来衡量是否具备合理的权利基础，而客观主义则认为应该根据社会一般观念判断权利基础是否合理。比较著名的案例是英国1972年的莱蒙波特案（LAMBERT）。该案被告威胁与妻子有奸情的甲，如果甲愿意给付250英镑，他就可以视而不见，否则就要告知对方的妻子和所在公司（丈夫揭发奸情案）。法院作出判决，认为：权利主张是否合理应当根据行为人主观上是否真诚地认为可以主张这种权利来判断，被告后被宣告无罪。这个判决备受学界批评，同属英联邦国家的加拿大则倾向于客观标准，以莱蒙波特案为例，学界普遍认为，甲的主张没有法律依据，故可入罪。

在刑法理论中，假想的正当化应当如何处理，确实值得研究。

我国刑法学界有人认为假想的正当化可以排除故意，在有过失的情况下，成立过失犯罪，如果没有过失，则为意外事件。但是这种认为一概排除故意的处理结论可能导致荒谬的结论。比如英国著名的摩根案。被告人摩根是一名皇家海军官员，一晚他与三名同事喝酒，酒后摩根邀请他们和自己妻子发生性行为。他说其妻对性很痴迷，但却喜欢假装正经，如果反抗，那是装的，她的真实想法是同意，而且暴力会让她更加兴奋。于是这三名男性不顾摩根妻子的强烈反抗和她发生了性行为。最后这三名男性被控强奸，但他们坚称自己认为女方同意了。在摩根案件中，三名男性出现了对同意的认识错误，这是一种典型的假想正当化。如果排除故意,由于强奸罪不能由过失构成,那么三名男性都不构成犯罪。这种处理显然与人们的常识相抵触。

因此,多数学者认为,假想的正当化相当于一种法律认识错误,一般不能排除故意,除非这种认识错误一般人都会去犯、无法避免。这其实依然要诉诸道义上的判断,看它是否可得宽恕(excuse)。如果一种错误在道义上不值得谴责,那么这种错误就是无法避免的,行为人可排除故意,值得宽恕;如果一种错误在道义上值得谴责,那么这种错误就是可以避免的,无法排除故意,不应宽恕。在摩根案中,行为人的行为在道义上值得谴责,错误不值得原谅,故不能排除故意,三人的行为都构成强奸罪,但可减轻处罚。

回到文章开头所提及的案例,"小三"或情妇的索赔案件,这在司法实践中其实非常普遍,行为人明知自己没有权利基础,这自然构成敲诈勒索罪。但若行为人真诚地认为自己存在这种权利基础,那就属于假想的权利行使(假想正当化),只有当这种行为在道义值得谴责时,才可以犯罪论处。如果这种行为在道义上不值得谴责,属于道德所容忍的可得宽恕的行为,才可以排除故意。

对此案件,"小三"并无道德权利或法定权利进行索赔,"小三"的这种索赔行为也无法为道德所容忍,索赔行为在道义上值得谴责，因此这种行为就不能排除责任故意，故可成立敲诈勒索罪，但可减轻处罚。若"小三"怀孕，以怀孕为由向男方主张赔偿（怀孕小三索赔案），这在道德上可以认可或容忍，值得宽恕，故可排除犯罪。

现代社会的确是一个价值多元的时代，但任何时代都有一些必须坚守的基本价值。一如英国剧作家切斯特顿所说：一个开放的思想之目的，和一张开着的嘴巴一样，它在合上的时候要咬住某种扎扎实实的东西。

至于男方，也存在被刑事追诉的可能。我国刑法规定了重婚罪，司法实践认为"有配偶的人与他人以夫妻名义同居生活的，或者明知他人有配偶而与之以夫妻名义同居生活的，仍应按重婚罪定罪处罚"。对于已婚的男性，如果以夫妻名义与他人同居生活，形成了事实婚姻的状态，那就构成重婚罪。当然，女方如果知道男方已婚，依然与之同居，构成重婚罪的共同犯罪。由于重婚罪的最高刑仅为两年有期徒刑，所以其追诉时效只有五年。

一个值得关注的案件是《刑事审判参考》第1062号指导案例，该案发生在北京市朝阳区，被告人田某某1988年与董某结婚，2004年与杨某确定男女朋友关系并同居，两人育有一子，还购买了一套房产。2006年，田某某去大连工作，且未告知杨某。2007年，杨某到找到田某某，要求与田某某办理结婚登记，田某某拒绝，并再次离开杨某。2008年年初，田某某回到董某处生活；同年5月，在未通知杨某的情况下，田某某将登记在其名下的房产出售。2012年3月杨某找到田某某并报警，公安人员接报后将田某某抓获。在这个案件中，法院明确指出：重婚罪是继续犯，其追诉时效从田某某无法继续重婚行为开始计算，因此时间节点是2008年5月，而非2007年。2007年田某某在大连虽然再次离开杨某，但二人的事实婚姻关系并未解除，还有死灰复燃的可能。但田某某2008年秘密将购买的与杨某共同居住的房屋出售，并回到其妻子董某处生活，这个时候其与杨某的事实婚姻关系已不可能继续存在，故可认定二人的事实婚姻关系自此解除，田某某的重婚行为实施终了。

最后请让我再次引用之前文章中马丁·路德·金的话作为结尾：

我们不能以立法的方式将道德订为法例，但我们却可以调整行为。法律的规定可能无法改变人心，但它能管制那失丧了良心的——法律不能使一个雇主爱我，但它能管制他，使他不能因为我的肤色而不雇用我。

威胁作证与律师伪证

某地反贪局的"录音风波"让司法不堪的一幕暴露于公众视野。据媒体报道,为了指控林某受贿,反贪局专案组工作人员陆某等人要求林某之弟出具伪证,承认为哥哥存放受贿赃款。压力之下,林弟被逼无奈,临时筹集资金,将指控哥哥的764万元贿金予以"退赃"。但这反而坐实了林某的受贿罪行,最后林某以受贿罪判处十一年有期徒刑。

林弟稍微留了一个心眼,对专案组的威逼利诱行为私下进行了录音。最终,这份长达2000余分钟的录音,被提交给检察机关和人民法院,陆某等四人由此受到处罚,被责令辞职或被党内警告。①

然而,如果事实成立的话,陆某等人的行为可不是单纯的违规违纪,而是构成犯罪。

《刑法》第三百零七条规定了妨害作证罪,"以暴力、威

---

① 《反贪局副局长被录音扳倒　落马市长:受贿一分钱枪毙我不喊冤》,载凤凰网,http://news.ifeng.com/c/7jeFAdrRJjs,最后访问时间:2020年8月19日。

胁、贿买等方法阻止证人作证或者指使他人作伪证的，处三年以下有期徒刑或者拘役；情节严重的，处三年以上七年以下有期徒刑……"该条特别规定，司法工作人员利用职权犯此罪的，从重处罚。

遗憾的是，在司法实践中，虽然妨害作证罪是一个十分常见的罪名，但是极少看到司法工作人员涉案的判例。刑法的特别规定仿佛成为一纸具文。

司法工作人员以威胁方法指使证人作伪证，在法律层面上，似乎没有任何讨论的必要，法律规定如此清晰明确——按照刑法规定，毫无疑问构成犯罪，按照刑事诉讼法规定，所获取的证据应当排除。

但是，法律与现实却存在一个巨大鸿沟，不仅涉案的司法工作人员很少被追究刑事责任，非法证据的排除也异常困难。

最高人民法院、最高人民检察院、公安部、国家安全部、司法部《关于办理刑事案件严格排除非法证据若干问题的规定》第六条规定："采用暴力、威胁以及非法限制人身自由等非法方法收集的证人证言、被害人陈述，应当予以排除。"在"录音风波"案中，林某的律师虽然申请排除非法证据，但申请被法院驳回。

与此形成鲜明对比的是对律师的态度。《刑法》第三百零六条规定了辩护人妨害作证罪。在刑事诉讼中，辩护人威胁、引诱证人违背事实改变证言或者作伪证的，处三年以下有期徒刑或者拘役；情节严重的，处三年以上七年以下有期徒刑。

辩护人妨害作证罪俗称律师伪证罪，律师不仅威胁证人作伪证构成犯罪，引诱证人作伪证同样构成犯罪。

律师引诱证人作伪证从而构成该罪，在司法实践中有过大量的判例。律师伪证罪一度成为阻挡年轻律师介入刑辩业务的"拦路虎"，前辈们会苦口婆心地规劝年轻人不要从事刑辩业务，因为稍有不慎就有牢狱之灾。

刑法的这种规定来源于1996年《刑事诉讼法》第三十八条第一款的规定："辩护律师和其他辩护人，不得帮助犯罪嫌疑人、被告人隐匿、毁灭、伪造证据或者串供，不得威胁、引诱证人改变证言或者作伪证以及进行其他干扰司法机关诉讼活动的行为。"

然而，与律师相比，司法机关在讯问犯罪嫌疑人、被告人，询问证人时，更容易进行引诱，虽然《刑事诉讼法》也禁止司法工作人员引诱证人，"严禁刑讯逼供和以威胁、引诱、欺骗以及其他非法的方法收集证据"。但是《刑法》只将司法工作人员刑讯逼供、暴力逼取证据的行为规定为独立的犯罪，将司法工作人员通过威胁、贿买方法获取证据的行为作为妨害作证罪的从重情节。司法工作人员采取贿买以外的其他诱供行为如何处理，《刑法》没有规定。如果司法机关的此类诱供行为都不受惩罚，却单单处理律师的诱供行为，则显然违反了平等原则。

事实上，刑辩律师最忌惮的就是律师伪证罪中的"引诱"一词。此词含义过于模糊，具有很大的解释空间。尤其是其中的"引诱证人违背事实改变证言"的规定，在司法实践中给律师办理刑事案件带来很大的执业风险。有些犯罪嫌疑人、被告人、证人在办案机关的强大压力下说过与事实不符的违心之言，待辩护律师向其调查取证时才将真相和盘托出，某些办案机关和办案人员却可能以此作为追究律师伪证罪的有力证据。

证言的改变是否属于"违背事实"则又取决于办案机关或办案人员的主观认定，这极易引发对律师的职业报复行为。有鉴于此，《刑事诉讼法》2012年修正后删除了原条文中的"改变证言"，但仍保留"不得威胁、引诱证人作伪证"的规定。这个修改必然倒逼《刑法》的修改，在修改之前，按照法秩序统一的原理，新法优于旧法，《刑法》的相应部分自然失效。

但是，《刑事诉讼法》2012年的修正仍然保留着"不得引诱证人作伪证"的规定。律师的执业风险依然存在，事实上，司法实践中处理的绝大多数律师伪证案件，几乎都与"引诱"有关。以至于现在很少有律师敢于向证人调查取证，引诱一词太过模糊,谁知道边界何在?即便专事刑法研究的笔者,也不知道"雷区"的准确范围。

理论上认为,引诱必须利用物质利益或非物质利益进行诱惑,诱使他人从事某种违法行为。这种解释从文理上无懈可击,但置于律师调查取证的特殊背景下却会带来灾难性的后果。运用纯粹技术性的解释方法,引诱可以包括明示引诱,也可以包括默示引诱;可以包括物质引诱,也可以包括精神引诱;可以包括作为引诱,也可以包括不作为引诱;可以包括直接引诱,也可以包括间接引诱(引诱他人引诱证人);可以包括庭前引诱,还可以包括庭审引诱……引诱一词几乎可以将律师调查取证方方面面收入囊中,就如曾经荒唐的"眨眼引诱说"。和儿戏已经几乎没有区别。

在律师的调查取证中,引诱的正当性与非正当性很难区分。比如辩护律师找被害人做工作,希望他能宽恕被告人,于是被害人出具相应的情况说明,这是否属于引诱?如果属于伪证,不仅律师要锒铛入狱,被害人也将身陷囹圄。宽恕本是一种美德,如果法律将其视之为犯罪,这是在鼓励良善,还是在制造罪恶呢?如果司法机关能够晓之以理,动之以情,让一个不愿意作证的证人改变心态,同意作证,那为什么律师的同样行为就应该被视为犯罪呢?

控辩对等是刑事诉讼的基本理念,但在当前实践中,天平有时明显在朝着控方倾斜。

长期以来，不仅在司法机关，甚至在普通民众中，都有一种根深蒂固的偏见，那就是司法机关是打击"坏人"的，而律师则是保护"坏人"的，律师为"坏人"说话，就是在和司法机关唱反调。很多司法人员都自觉地认为打击"坏人"在立场上好过保护"坏人"。因此，即便打击"坏人"有过激之处，也是工作方法简单粗暴，而不涉及是非对错。

但是，"坏人"由谁来决定呢？无罪推定是法治国家的基本原则，"未经人民法院依法判决，对任何人都不得确定有罪"。"欲加之罪，何患无辞"是人类在无数的冤屈和血泪中形成的历史经验。

美国法官伯泰因和高登在《未来的审判》一书中提醒我们，很少有公民不受现代刑法的调控，这些法律涵盖了诸如赌博、性侵、逃税、交通肇事和商业玩忽职守等诸多事项，更不要提更多的传统暴力犯罪了。因此，从犯罪的技术性定义上说，几乎人人有罪，人们只能够寄希望于不被起诉来摆脱刑法的制裁。

如果打击犯罪的权力不受约束，我们每一个人在技术层面上都有可能成为罪犯。

人们的观念很难改变。执法者自诩为正义的化身时，往往会忽略掉规则的限制。但"路西法"隐含在每个人的内心深处。"凡动刀者必死于刀下",当人生反转,正义的代言人成为阶下囚,也许他们才能体会对权力的限制和程序的正义有多么的重要。

因此,如果没有辩护权对司法权的质疑,谁能保证司法权不会腐败变质呢?一如"录音风波"对我们的再次提醒。

总之,既然《刑法》已经规定司法工作人员威胁证人作伪证的行为应当以妨害作证罪从重处理,那么这个规定就不应该虚置。既然司法工作人员的诱供行为不是犯罪,那么律师的诱供也不能以犯罪论处。

每一个个案让我们看清法治现状的同时也让我们对法治的理想更加期待。控辩对等依然是法律人努力的目标,无论是司法工作人员还是律师,我们都是法律职业共同体的一员,我们的使命都是为了建设法治中国,追求公平和正义。

以柏拉图在《理想国》中的最后劝慰结束本文——"让我们走向上的路,追求正义和智慧。"黑暗让人遗憾,但却能让人更加向往光明。我们生活在昨天和明天之间,既然已经看过洞外的真光,今日的命定便是重下洞穴,百死不悔。

你的权利

走向上的路

谁怕律师？

2019年4月，林某青以律师身份作为"恶势力犯罪集团重要成员"成为两项指控的被告人牵动着众多法律人的心弦。

根据起诉书，林某青律师因为被控"恶势力犯罪集团"的青海甲汽车服务有限公司（以下简称青海甲公司）提供法律服务而身陷囹圄。起诉书指控青海甲公司在2017年5月至2018年1月，违法发放贷款，并采取欺骗、恐吓、威胁、滋扰纠缠、恶意诉讼等手段，实施诈骗、敲诈勒索、寻衅滋事、强迫交易等违法犯罪活动，骗取被害人财产。2017年7月，林某青律师被青海甲公司聘为法律顾问，为该公司提供法律服务。

青海甲公司被控通过"套路贷"实施多起诈骗和敲诈勒索行为，而林某青律师则被检察机关认定为诈骗和敲诈的帮助犯。

《起诉书》指控林律师是"恶势力犯罪集团重要成员"，所以对恶势力犯罪集团的所有诈骗行为承担责任。同时，林律师"作为青海甲公司法律顾问，通过向法院提起诉讼方式对罗某实施敲诈勒索"。

根据该案辩护人发布的辩护意见，公诉人认为：林律师的法律顾问的名牌摆放在青海甲公司，强化了该犯罪集团成员内心的犯罪意志，林律师法律顾问的身份为犯罪分子提供了心理支持，即帮助该犯罪集团的共犯。①

如果辩护意见准确地转述了公诉人的意见，那么有理由认为，公诉机关对恶势力犯罪以及律师职业的特殊性都缺乏足够的认识。

单纯从入罪的角度，要想认定对黑恶势力存在客观上的帮助行为非常容易。外卖小哥的送餐，司机受雇开车，饰品店销售大金链，文身店文身，影视剧的暴力镜头，甚至领导的合照与墨宝，都在客观上为黑恶势力提供了物理上的帮助或者心理上的鼓励。

如果采取这种做法，那么对帮助行为的认定就几乎等同于随心所欲、天马行空了。但刑法理论普遍认为，上述行为属于日常生活的中立帮助行为，不属于刑法上的危害行为。对此，2019年4月9日实施的最高人民法院、最高人民检察院、公安部、司法部《关于办理恶势力刑事案件若干问题的

---

① 《突发！大成女律师林某青因辩护涉黑恶案撤诉！两轮辩护意见全文公布！》，载搜狐网，https://www.sohu.com/a/331407300_305502，最后访问时间：2020年3月17日。

意见》也指出：仅因临时雇佣或被雇佣、利用或被利用以及受蒙蔽参与少量恶势力违法犯罪活动的，一般不应认定为恶势力成员。

　　律师的职业行为虽然不同于中立帮助行为，但也享有广泛的刑事豁免。在刑法理论中，律师的职业行为属于**正当业务**这种重要的出罪事由。医生对病人进行外科手术，拳击运动员在比赛中伤害他人，从表面上看完全符合故意伤害罪的构成要件，但是只要行为人遵循了业务规则，就可以排除行为的犯罪性。

　　同医疗行为、竞技行为一样，律师的执业只要没有违背法律和业务规则，就享有刑事豁免。公诉人在辩论阶段曾经认为：关于律师执业豁免，《律师法》只规定律师对在执业活动中知悉的委托人不愿泄露的有关情况和信息，应当予以保密。这里只涉及委托人"不愿意泄露的情况和信息"，不是指委托人的违法犯罪事实。对于委托人的犯罪行为，并不存在这样的执业豁免。

　　这种认识显然是对律师刑事豁免过于狭窄的理解。对私权利来说，"法无禁止即可为"；对公权力来说，"法无授权即禁止"，这是法治的基本精神。

　　律师业务不是公权，因此，认为律师只能从事法律所允许的业务，这是对法治的误解。相反，正确的理解是：只要法律没有禁止，就是律师可以从事的正当业务，就享有当然的刑事豁免。

恶势力是黑社会性质组织的一种雏形，对黑恶势力进行打击非常必要。但是与黑恶势力有关的事物并不是百分之百的"黑"，有时也可能存在介于黑白之间的灰色地带。

根据《刑法》规定，成立黑社会性质组织必须同时具备组织性、经济性、破坏性和对抗性四个特征，缺一不可。对于黑社会性质组织的经济性特征，法律的规定是"有组织地通过违法犯罪活动或者其他手段获取经济利益，具有一定的经济实力，以支持该组织的活动"。黑社会性质组织追求经济利益既可以通过走私、贩毒、绑架、抢劫等违法犯罪活动获取，也可以通过开设公司、企业等正常的经济活动实现。

既然黑社会性质组织都有可能从事正常的经济活动，那么作为其雏形的恶势力就更有可能从事正常的经济活动。对于恶势力开展的正常的经济活动，市场监管部门可能会颁发合法的营业执照，税收部门可能进行正常的收税，如果律师为这些正常的经济活动提供法律服务，自然也不宜以犯罪论处。

据辩护意见，公诉人的逻辑是：既然林律师是常年法律顾问，那么就"应该对该公司业务的合法性进行审查，应该发现该公司犯罪事实"。在这里，公诉人首先混淆了故意和过失的界限，认为律师有义务发现公司的犯罪事实但由于疏忽没有认识，这只能说林律师存在过失，但无论如何也无法推导出故意。更何况，即便按照公诉人的逻辑，如果只是对恶势力合法的经济业务提供法律顾问服务，无论从社会一般人立场，还是从普通的律师立场，甚至从刑法专家立场，都很难认识到顾问单位具有"黑恶性质"，除非开启"上帝视野"。

要求律师在为每一个企业提供法律服务都同时探究该企业是否涉黑涉恶，这显然是对律师职业的过高苛求。试想，连国家机关都无法仅从组织的经济行为就判断出其黑恶本质，又如何能够期待律师做出这种判断呢？因此，律师只应对其所服务的法律业务负责，而没有必要为业务以外的行为承担不应有的责任。只要律师在自己所从事的业务中没有违反法律规定，就不宜追究刑责。试想，当医生为戴着大金链、有文身的患者治病，医生即便知道患者系黑恶势力成员，治好后还会"搞事"，即便患者事后实施了严重的犯罪行为，医生难道就构成帮助吗？或者，法院曾经为表面合法的"套路贷"做出过判决，是否也要倒追责任，认为属于黑恶势力的帮助犯呢？如果这样，任何职业的稳定性都会动摇。

因此，不要认为律师懂法就推定其对所服务的机构是否属于黑恶势力有清楚的认识。如果坚持这样认为，律师的企业顾问服务几乎要陷入停滞，律师如何仅凭对机构的有限参与就能够得知企业的真实意图和发展方向呢？连司法机关对黑恶势力的判断都尚需时间去甄别、判断，涉案不深的律师就更不可能轻易知道。没有必要把律师等同于神机妙算的诸葛亮。只要没有足够的证据证明律师对黑恶势力的工作有过多的参与，就不能推定律师能够认识到所服务的企业属于黑恶势力。

一直以来，有一种误解，认为律师拿人钱财，帮助坏人，而司法机关则一心为公，打击坏人；两者是对立的，前者为私，而后者为公——即便打击坏人有过激之处，也总能在"为公"两个字上找到辩护。但何为"坏人"？持这种观点的人往往自有结论，而不深究。

人们很喜欢探究他人的内心动机，但人的认识能力是有限的，无法读心。莎士比亚在《麦克白》中就告诫我们："迄今为止，人们还无法从他人的脸上读出人的内心。"因此，我们没有能力也没有必要对他人的内心进行判断。

无罪推定是法治国家的基本原则，"未经人民法院依法判决，对任何人都不得确定有罪"。因此，不要轻易给人贴上"坏人"的标签。

真理原本就没有新意，所以这才是它常常被称为陈词滥调的原因。

任何一个法律人都应该清楚地意识到，司法机关与律师同属法律职业，两者的目标是一致的，都是为了维护法律的尊严。

辩护不仅是为保护无辜公民,也是为确保司法的公正,正是因为律师对司法机关的不断挑错,才能保证司法判断的公正性。失去辩护,我们将很难逃脱运动式执法的旋涡,"聂树斌案""呼格吉勒图案""佘祥林案""赵作海案"就会不断涌现。而当执法人员习惯了运动式执法的简单粗暴,也就很难再培养起对规则的尊重和敬畏。

扫黑除恶当然是必要的,但是它必须在法治的轨道下进行。只有法治才能保证扫黑除恶产生实效,这也是为什么2019年4月9日,"两高两部"发布了四个规范性文件——"为依法严惩黑恶势力违法犯罪提供更加坚实的法治保障,确保扫黑除恶专项斗争始终在法治轨道上健康发展。"

律师制度是法治建设的重要一环,也是确保扫黑除恶不会偏离法治轨道的重要保障。蝴蝶翅膀的扇动可以影响整个世界的气候,每个个案对正义的坚守也能汇成法治中国的宏大叙事。因此,希望林某青律师的案件能够得到公正的处理,切勿割裂法律职业共同体共有的法治信念。[①]

[①] 西宁市城中区人民检察院于2019年7月31日向法院提出对林某青撤回起诉,西宁市城中区人民法院裁定准许。

"宝马哥案"为什么适用特殊防卫原则

据报道，2018年9月，一段视频刷爆朋友圈。视频中，一辆白色宝马车驶入非机动车道，与正常骑行的电动车发生争执。宝马车后座一男子下车与骑车人发生口角，尽管有女伴相劝，两人仍旧发生推搡。此时，宝马车司机从车上下来，对骑车人拳打脚踢，后又返回车内拿出一把长刀，砍向骑车人。骑车人虽然连连躲避，但仍被砍中。宝马车司机在砍人时，长刀不慎落地，骑车人捡起长刀，反过来砍向宝马车司机，宝马车司机躲闪，骑车人对司机连砍数刀。28日晚间，该地公安机关发布通报：两人因行车问题，引发口角导致冲突，刘某某（宝马车司机）因抢救无效死亡。①

关于本案是否属于正当防卫，引起了激烈争论。

正当防卫是一种私力救济。在法治社会，私力救济被严格限制，紧急状态下才可能行使有限的私力救济，所谓"紧

---

① 《宝马车与骑电动车男子路口争执后，宝马车主持刀砍人反被砍死》，载搜狐网，https://www.sohu.com/a/250730225_349247，最后访问时间：2020年8月19日。

急状态无法律"。

正当防卫的本质是"正对不正",因此该制度对于防卫人不能太过苛求,应当有利于动员和鼓励人民群众见义勇为,积极同犯罪作斗争。

当然,任何暴力都必须适度,否则就可能造成更大之"恶"。因此,法律规定正当防卫必须具备紧迫性和适度性两个基本要素。

所谓**紧迫性**,就是正当防卫必须发生在不法侵害正在进行过程中,如果不法侵害还未开始或者已经结束,那就不得正当防卫。

在司法实践中,不法侵害行为的结束通常可以表现为这样几种形式:不法侵害人已达到了侵害的目的;侵害人失去了侵害能力;侵害人自动中止不法侵害;侵害人向防卫人(或被害人)告饶;侵害人已被抓获。当这些形式之一出现时,就应认为不法侵害已经结束,不应再实行正当防卫行为。[1]

但是,判断不法侵害是否结束,必须站在一般人立场,从普罗大众的角度来看是否具有紧迫性,而不能按照理性人

---

[1] 高格:《关于正当防卫的几个争论问题》,载《社会科学》1984年第2期。

的事后标准。换言之，我们要代入防卫人的角色，设身处地综合考虑他所处的情境来判断他是否依然处于紧迫的危险之中。

因此，在本案中，问题在于，如果你是防卫人，你是否会认为"宝马哥"已经丧失反抗能力，自己已经不再处于紧迫的危险之中？有许多法律人喜欢做理性人的假设，喜欢站在事后角度开启"上帝视角"，但是没有人是理性人，人们或多或少都有弱点，也许只有机器人才是真正的"理性人"。法律必须考虑民众朴素的道德情感，而不能动辄以事后诸葛亮的冷漠与傲慢来忽视民众的声音。

20世纪80年代，曾经发生过这样一起案件（"粪坑案"）：一妇女回娘家探亲，在路上遇到一个持刀歹徒，歹徒企图强奸。由于歹徒身强体壮，而且此地还是山区十分偏僻，该女自知不是歹徒的对手，也无法求救。因此，她假意顺从就说找个平坦点的地方。当走到一个化粪池旁，该女示意歹徒脱衣服。歹徒见其非常配合就放松了警惕，在脱套头毛衣的时候，趁歹徒头被毛衣包住，女方用力把歹徒推倒在化粪池里。此时正值寒冬，粪池很深，歹徒挣扎着用手攀住粪池边缘往上爬，女方就用砖头砸歹徒的手，不让歹徒上来，十多分钟后歹徒淹死在粪池中。

此案在当时也曾引起争论。有人认为歹徒跌入粪坑，不

刑法罗盘

"粪坑案"

法侵害已经停止，此时不能再进行不法侵害。还有人认为，根据当时的特定情况，危险并没有排除，是可以实施正当防卫的①。

"粪坑案"的焦点在于，**如果你是女方，你是否会用砖头砸向男方？** 结论是肯定的，所以这是标准的正当防卫。

在2017年引起极大争议的"于欢案"中，一审法院曾经认为于欢的行为不具有防卫属性，因为不法侵害已经结束，于欢没有遭受紧迫的危险。但二审法院改变了这种错误观点，认为于欢依然面临着不法侵害，其行为具有防卫性质。该案后成为最高人民法院发布的第九十三号指导案例，用来指导全国司法工作。指导案例认为："于欢是在人身自由受到违法侵害、人身安全面临现实威胁的情况下持刀捅刺，且捅刺的对象都是在其警告后仍向其靠近围逼的人。因此，可以认定其是为了使本人和其母亲的人身权利免受正在进行的不法侵害，而采取的制止不法侵害行为，具备正当防卫的客观和主观条件，具有防卫性质。"

因此，在"宝马哥案"中，从一般人的立场来看，不法侵害仍未结束，防卫人的防卫具有紧迫性。

---

① 参见陈兴良：《口授刑法学》，中国人民大学出版社2007年版，第253~254页。

正当防卫的另一个条件是**适度性**。《刑法》第二十条第二款规定："正当防卫明显超过必要限度造成重大损害的，应当负刑事责任，但是应当减轻或者免除处罚。"

我国刑法理论普遍认为，正当防卫的适度性应当以必要说为基础，结合基本相适应说进行辅助判断。

衡量行为是否超越必要限度，主要看这种行为是否是制止不法侵害所必需的，而"是否必须"又可综合考虑防卫行为与侵害行为在结果和行为上是否基本相适应。同时，为了鼓励防卫人向不法侵害作斗争，《刑法》第二十条第三款明确规定了特殊防卫制度——"对正在进行行凶、杀人、抢劫、强奸、绑架以及其他严重危及人身安全的暴力犯罪，采取防卫行为，造成不法侵害人伤亡的，不属于防卫过当，不负刑事责任。"

只要遭遇到严重危及人身安全的暴力侵犯，造成不法侵害人伤亡的，就不属于防卫过当。

这个制度一改1979年《刑法》对于正当防卫过于苛刻的做法（1979年刑法规定：防卫行为超过必要限度造成不应有的危害的，是防卫过当）。希望能够鼓励民众见义勇为，向不法侵害作斗争。1997年在修改刑法时，无论是理论界还是实务界都主张扩大防卫人的防卫权，避免防卫人畏首畏尾，伤害民众见义勇为的积极性。

1997年《刑法》通过不久，浙江就发生了叶永某故意杀人案，该案是对新刑法正当防卫制度的首次回应。"1997年1月上旬，王为某等人在被告人叶永某开设的饭店吃饭后未付钱。数天后，王为某等人路过叶的饭店时，叶向其催讨，王为某认为有损其声誉，于同月20日晚纠集郑国某等人到该店滋事，叶持刀反抗，王等人即逃离。次日晚6时许，王为某、郑国某纠集了王文某、卢卫某、柯天某等人又到叶的饭店滋事，以言语威胁，要叶请客了事，叶不从，王为某即从郑国某处取过东洋刀往叶的左臂及头部各砍一刀。叶拔出自备的尖刀还击，在店门口刺中王为某胸部一刀后，冲出门外侧身将王抱住，两人互相扭打砍刺。在旁的郑国某见状即拿起旁边的一张方凳砸向叶的头部，叶转身还击一刀，刺中郑的胸部后又继续与王为某扭打，将王压在地上并夺下王手中的东洋刀。王为某和郑国某经送医院抢救无效死亡，被告人也多处受伤。经法医鉴定，王为某全身八处刀伤，左肺裂引起血气胸、失血性休克死亡；郑国某系锐器刺戳前胸致右肺贯穿伤、右心耳创裂，引起心包填塞、血气胸而死亡；叶永某全身多处伤，其损伤程度属轻伤。"

一审法院认为：被告人叶永某在分别遭到王为某持刀砍、郑国某用凳砸等不法暴力侵害时，持尖刀还击，刺死王、郑两人，其行为属正当防卫，不负刑事责任。但一审宣判后，检察机关向中级人民法院提起抗诉，其主要理由是：叶永某主观上存在斗殴的故意，客观上有斗殴的准备，其实施行为时持放任的态度，其行为造成二人死亡的严重后果。叶永某的犯罪行为在起因、时机、主观、限度等条件上，均不符合《刑法》第二十条第三款的规定。二审法院最后裁定驳回抗诉，维持原判。认为叶永某在遭他人刀砍、凳砸等严重危及自身安全的不法侵害时，奋力自卫还击，虽造成两人死亡，但其行为仍属正当防卫，依法不负刑事责任。[1]

与于欢案不同，在"宝马哥案"中，防卫人遭遇的不是限制人身自由的暴力侵害，而是严重危及生命的暴力危险，因此"宝马哥案"与叶永某案具有同类性，应当适用特殊防卫规则。

霍姆斯大法官说：法律的生命在于经验而非逻辑。法律人要有逻辑推导能力，但更重要的是要有常识。法律人要学会谦卑地听取民众的朴素的声音。

---

[1] 《叶永某故意杀人案［第 40 号］——刑法第二十条第三款规定的正当防卫权应如何理解与适用》，载最高人民法院刑事审判第一庭编：《刑事审判参考》2000 年第 1 辑（总第 6 辑），法律出版社 2000 年版。

刑讯逼供的追诉时效

2020年1月13日，根据最高人民法院的再审决定书，山东省高级人民法院组成合议庭在淄博市中级人民法院对张志某强奸案再审宣判，改判张志某无罪。15年前，张志某因为涉嫌强奸杀人被临沂市中级人民法院判处无期徒刑，张志某入狱时不足16岁，只是一个高一的学生，出来时已经31岁，稀疏的头发可以见证这漫长的囚禁生涯中他所承受的压力。

张志某案当年定罪的证据非常单薄，基本上就是嫌疑人"不稳定"的有罪供述，甚至连作案时间都存在重大疑点。如果这个案件放在法学院的刑事诉讼法期末考试中让学生进行案例分析，有着基本法律知识的学生都能非常容易地得出无罪的结论。但是，理论与现实总是存在巨大的鸿沟，一如热播的律政剧也无法描述律师的真实生活。

张志某在接受记者采访时说自己曾经遭受办案机关的刑讯逼供，有罪供述都是被"打出来的"。该案曾被认定犯有包庇罪的王广某也表示，自己当年也遭遇刑讯逼供。虽然在再审过程中,法院没有认定刑讯逼供的成立,但是法院认为讯问的合法性存在问题。比如警方不停地在刑警大队跟看守所之间交换讯问场所,而且当年张志某作为未成年人,在讯问的时候监护人没有在现场。[①]

实践中,对于张志某这类申诉案件,即便认定刑讯逼供的存在,司法机关都会因为刑讯逼供已经过追诉时效而不再追诉。

但是这种做法并不一定符合法律的规定。

根据《刑法》第二百四十七条规定,刑讯逼供的基本刑是三年以下有期徒刑或者拘役。如果出现致人伤残、死亡的特殊情况,则应以故意伤害罪、故意杀人罪从重处罚。因此,如果没有特殊情况,刑讯逼供追诉时效是五年,大部分申诉案件都可能已经过了这五年。

然而,《刑法》中还规定了一种**追诉时效延长**的制度,它包括两种情况:一是在人民检察院、公安机关、国家安全机关立案侦查或者在人民法院受理案件以后,逃避侦查或者审判的,不受追诉期限的限制。二是被害人在追诉期限内提出控告,人民法院、人民检察院、公安机关应当立案而不予

[①] 《张志某案无罪判决:无任何物证印证供述,此前办案程序存违规》,载搜狐网,https://www.sohu.com/a/366554453_260616,最后访问时间:2020年8月19日。

立案的，不受追诉期限的限制。

绝大多数申诉案件中所存在的刑讯逼供都可能适用第二种追诉时效延长的规定。这个规定本来就是为了解决老百姓"告状难"的问题。在1997年修订《刑法》的时候，"告状无门"的现象比较突出，各级司法机关经常"踢皮球"——公安机关推给检察机关，检察机关推给法院，法院再推给公安机关，甚至推给各级行政机关和媒体，最后导致当事人时效利益丧失，无法再对损害自己利益的犯罪进行追诉。在这种背景下，《刑法》规定了这种追诉时效延长的制度，当民众向司法机关提出控告，司法机关应当立案而不立案的，追诉时效就可以无限期地延长下去。

因此，当犯罪嫌疑人、被告人、服刑人或者律师在追诉期限内曾向司法机关提出当事人被刑讯逼供的线索，司法机关就不能置之不理。如果司法机关应当立案而没有立案，那么对相关人员的刑讯逼供行为就不再受追诉时效的限制。

另外，在刑讯逼供致人伤残和死亡的特殊条款中，追诉时效应当根据故意伤害罪和故意杀人罪的法定刑来认定。需要说明的是，特殊条款中的致人伤残、死亡是法律中的一种特别规定，对于死亡和伤残只要存在过失，比如在刑讯逼供过程中，被害人无法忍受咬舌自尽，那么逼供人就可以直接转化为故意杀人罪。

有些人将此特别规定理解为提示性规定，认为必须对死亡或伤残结果存在故意才能转化为故意杀人罪和故意伤害罪。这种观点不仅导致法律的规定成为多余，而且也会出现逻辑上的体系错乱。试想：如果刑法没有这个特别规定，在刑讯逼供过程中实施故意伤害或者故意杀人行为，本来应当以刑讯逼供罪和故意杀人或故意伤害罪数罪并罚。但有了这个规定，反而只认定为故意杀人罪或故意伤害罪一罪，这明显降低了对刑讯逼供的打击力度，并不合理。

因此，如果刑讯逼供致人伤残、死亡，只要对结果存在过失的心态，其追诉时效就可能是二十年。如果二十年后认为必须追诉的，最高人民检察院还可以核准追诉。当然，在此情况下，依然适用上文所提的追诉时效延长制度。

长期以来，中国的刑事司法实践存在着"重实体而轻程序"的现象。许多人认为：因为刑讯逼供会导致冤假错案，所以要禁止刑讯逼供；而如果能确保不会造成冤假错案，那么刑讯逼供就是可以被接受的。在司法实践中，相当一部分刑讯逼供不会导致冤假错案，反而会使得案件得以高效及时地推进。但这种刑讯逼供仍然是错误的。

对刑讯逼供的禁止不仅仅因为它可能会导致冤假错案，

而是主要因为它在程序上不正义。人类的有限性决定了人类的司法制度只能寻找有限的正义，这种有限的正义之所以能够为人所尊重，就是因为它是通过正当程序所达至的正义。如果无视程序规则追求实体正义，也许在某个个案中会实现正义，却打开了"潘多拉的魔盒"，每一个无辜公民都有可能成为刑罚惩罚的对象，"欲加之罪，何患无辞""错杀千人也不放过一个"的惨剧就会不断重演。

马丁·路德·金有一段话我引用过多次：手段代表着正在形成中的正义和正在实现中的理想，人无法通过不正义的手段去实现正义的目标，因为手段是种子，而目的是树。刑讯逼供无疑是有毒的种子，从那里长不出正义的大树。理论界普遍认为，对付刑讯逼供最有效的武器是非法证据排除规则。

现行《刑事诉讼法》第五十六条明确规定："采用刑讯逼供等非法方法收集的犯罪嫌疑人、被告人供述和采用暴力、威胁等非法方法收集的证人证言、被害人陈述，应当予以排除……"由此确立的非法言词证据排除规则，对于防范刑讯逼供具有里程碑的意义。公安机关及办案人员出具情况说明不具有法律效力。但是，不少地方对于刑讯逼供仍很少处理，因为刑讯逼供被追究刑事责任的司法人员少之又少，非法证据的排除依然举步维艰。

　　这显然需要观念的更新。不少司法机关认为办案人员刑讯逼供只是工作作风简单粗暴，动机依然是好的。但是，给人类带来最大的浩劫的灾难往往都是出于高尚的动机。荷尔德林曾说：往往是那些善良的愿望把人们带向了人间地狱。**本着真诚的动机无视程序规则去打击犯罪最终会让法治精神彻底丧失，黑白之间的界限就会变得暗淡不清。**一旦规则被破坏，想要再次树立对规则的尊重就难于登天。这就是为什么培根会说：一次犯罪不过是污染了水流，而一次不公正的司法却污染了水源。

　　问渠那得清如许？为有源头活水来。希望我们的司法人员能够真正地转变观念，尊重程序正义，自觉远离刑讯逼供，同时也能对刑讯逼供重拳出击。正本清源，方能保证司法源头的清澈。

如何排除刑讯逼供的隐患？

《刑事诉讼法》2018年迎来大修，修改后新增了刑事缺席审判制度和速裁程序，调整了检察机关的侦查职权，完善了刑事案件认罪认罚从宽等制度。《刑事诉讼法》素有"小宪法"之称，其修改备受法律人的关注。

就在《刑事诉讼法》修改期间，一个"小人物"结束了他的人生旅程。他叫聂学生，是聂树斌的父亲。和他一起火化的，是儿子的无罪判决书。据报道，他曾对妻子说，"我走的时候，你记着把树斌的判决书给我带一份。我拿着到地底下了好向人解释，咱儿这一辈子都清清白白"。[1]

聂学生生命之光已经熄灭，而生者对刑讯逼供的反思还远未结束。

刑讯逼供不仅是一个刑事实体法问题，更是一个程序法问题。

---

[1] 《聂父走了："咱儿这一辈子都清清白白"》，载搜狐网，https://www.sohu.com/a/252036669_604151，最后访问时间：2020年3月17日。

《刑法》第二百四十七条规定了刑讯逼供罪：司法工作人员对犯罪嫌疑人、被告人实行刑讯逼供的，处三年以下有期徒刑或者拘役。致人伤残、死亡的，依照本法第二百三十四条、第二百三十二条的规定（故意伤害罪、故意杀人罪）定罪从重处罚。

根据《刑法》第九十四条的规定，司法工作人员是指有侦查、检察、审判、监管职责的工作人员。

《刑法》并未对刑讯逼供作出定义，在刑法理论中，普遍认为刑讯逼供是对犯罪嫌疑人、被告人使用肉刑或者变相肉刑，逼取口供的行为。

无论是肉刑还是变相肉刑都是对犯罪嫌疑人或被告人肉体的一种折磨，前者如殴打、电击、火烧、捆吊等，后者如连续多日审讯不让人睡觉、故意在吃饭时间提审不让人吃饭、零度气温时只给穿单衣裤、冬季晚上睡觉不让盖被子等。

但是，变相肉刑的边界并不清晰，疲劳审讯是否属于变相肉刑，精神逼供（如将嫌疑人与艾滋病人关押一室，让嫌疑人处于高度惊恐中，进而逼取其口供）是否构成刑讯逼供？这都没有明确的规定。

最高人民法院《关于建立健全防范刑事冤假错案工作机制的意见》（以下简称《防范冤案意见》）第八条第一款规定："采用刑讯逼供或者冻、饿、晒、烤、疲劳审讯等非法方法收集的被告人供述，应当排除。"

在《防范冤案意见》中，刑讯逼供与冻、饿、晒、烤、疲劳审讯等非法方法呈并列关系，这会给人一种错觉，误认为冻、饿、晒、烤、疲劳审讯是与刑讯逼供不同的其他非法取证方法。

因此，理论界有一种声音，主张参考联合国《禁止酷刑和其他残忍、不人道或有辱人格的待遇或处罚公约》（以下简称《反酷刑公约》）关于"酷刑"的规定来认定刑事法律中的"刑讯逼供"。《反酷刑公约》第一条第一款规定："'酷刑'是指为了向某人或第三者取得情报或供状，为了他或第三者所作或涉嫌的行为对他加以处罚，或为了恐吓或威胁他或第三者，或为了基于任何一种歧视的任何理由，蓄意使某人在肉体或精神上遭受剧烈疼痛或痛苦的任何行为，而这种疼痛或痛苦是由公职人员或以官方身份行使职权的其他人所造成或在其唆使、同意或默许下造成的。"[1]

根据《反酷刑公约》，只要是"蓄意使某人在肉体或精神上遭受剧烈疼痛或痛苦的任何行为"，都是"酷刑"，也就属于"刑讯逼供"。

---

[1] 谢佑平：《〈反酷刑公约〉的价值与一般原则》，载《人民检察》2006年第19期。

在刑法中，另外一个重要问题是如何理解刑讯逼供的致人伤残和死亡。根据《刑法》规定，刑讯逼供致人伤残、死亡的，依照故意伤害罪、故意杀人罪定罪从重处罚。

有人认为：此处的致人伤残、死亡必须符合故意杀人罪和故意伤害罪本身的构造。也就是说，刑法在此处的有关规定只是提示性规定，并未创造新的规则。仅当司法人员在刑讯逼供过程中实施了故意伤害和故意杀人行为，才能适用这个条款。

这种见解并不合理。按照这种观点，刑法的这个规定不仅多余，而且还降低了对刑讯逼供的打击力度。

按照这种观点，如果刑法没有这个规定，在刑讯逼供过程中实施故意伤害或者故意杀人行为的，本来应当以刑讯逼供罪和故意杀人、故意伤害罪实施数罪并罚。但有了这个规定，反而只认定为故意杀人罪或故意伤害罪一罪。这明显不合理，因此是错误的。

所以，刑讯逼供的致人伤残和死亡应当理解为特别规定，换言之，刑法在此处创造了一种转化犯的新规则，只要在刑讯逼供过程中致人伤残和死亡，无论对伤残和死亡出于故意还是过失，都应当以故意伤害或故意杀人罪从重处罚。

因此，只要证明司法人员在客观上存在刑讯逼供行为，行为与死亡有法律上的因果关系，同时在主观上对死亡结果至少存在过失，那就可以以故意杀人罪从重处罚。

然而，刑法对刑讯逼供的遏制能力非常有限，在司法实践中，针对刑讯逼供的判例少之又少。聂树斌案的司法人员是否刑讯逼供，至今仍是谜团。

要真正降低刑讯逼供的发生，重要的不是依靠实体法，而是仰赖于程序法上的锐意革新。否则刑讯问题必如韭菜一样——"刑如韭、剪复生"，刑讯逼供会成为刑事司法一个无法摆脱的幽灵。

理论界普遍认为，对付刑讯逼供最有效的武器是非法证据排除规则和沉默权。

2012年修正后的《刑事诉讼法》第五十四条明确规定："采用刑讯逼供等非法方法收集的犯罪嫌疑人、被告人供述和采用暴力、威胁等非法方法收集的证人证言、被害人陈述，应当予以排除……"① 由此确立了非法言词证据排除规则，对于防范刑讯逼供具有里程碑的意义。2017年6月20日出台的《关于办理刑事案件严格排除非法证据若干问题的规定》（以下简称《严格排除非法证据规定》），则进一步明

---

① 对应现行《刑事诉讼法》第五十六条。

确了该项规则。

　　但在司法实践中，非法证据排除制度依然存在不少问题。比如《严格排除非法证据规定》第二十条规定，"犯罪嫌疑人、被告人及其辩护人申请排除非法证据，应当提供涉嫌非法取证的人员、时间、地点、方式、内容等相关线索或者材料"，该规定的初衷是为了防止申请权的滥用，避免造成司法资源的浪费，这当然有合理的成分。但是，在事实上它给辩方造成了过大的证明压力。相反，控方反驳刑讯逼供的指控却相对容易。

　　至于犯罪嫌疑人沉默权，则是被法律人寄予厚望的另一项制度。沉默权贯彻了"无罪推定"的原则，可以在很大程度上剔除刑讯逼供。现行《刑事诉讼法》第五十二条规定了"不得强迫任何人证实自己有罪"。但第一百二十条同时规定"犯罪嫌疑人对侦查人员的提问，应当如实回答"。这两个条文存在明显的紧张关系，"应当如实回答"意味着不能保持沉默，这也不可避免地会成为刑讯逼供的诱因。

　　人们的观念很难改变。执法者自诩为正义的化身时，往往会忽略掉规则的限制。也正是在这个意义上，程序往往比实体承载了更多的刑事正义。美国联邦最高法院大法官杰克逊曾说过：

　　"程序的公平性和稳定性是自由不可或缺的要素，只要程序适用公平、不偏不倚，严厉的实体法也可以忍受。①

随着聂父的去世，聂树斌案终将要退出舆论的视野。假如人生不至于像《麦克白》所言，是"一个愚人所讲的故事，充满着喧哗和骚动，却找不到一点意义"，那么就让我们期待新《刑事诉讼法》在实施中排除刑讯逼供的隐患，体现出人权的保障和法治的精神。

---

① 陈小文：《程序正义的哲学基础》，载《比较法研究》2003年第1期。

代后记：清明忆祖

慎终追远日，想起逝去的祖辈。

祖父离开时我才上小学，记忆已经模糊。印象中高大的祖父躺在逼仄的黑色棺木中，我非常不解为何众人为熟睡的祖父哀哭。后来我才知道，那是另一种睡着。

祖父，积劳成疾，无钱医治，所患病症在今天看起来稀松平常，但在那时，贫苦的农户哪有余钱就诊。撒手人寰，离了病痛的折磨，歇了世上劳苦，倒也算是解脱。祖父识文断字，书法工整，在乡间颇有威望。后来我还在乡间老宅找出数本发黄的线装书册——《论语》《孟子》，想必是他少年时的读物。祖父年轻时家道中落，从富农变为贫农，不料却免去后来诡谲多变的批斗追责，一如电影《活着》的黑色幽默。他基于人生经验让后辈子孙远离政治。想起祖父，我就感喟民生多艰以及民间智慧的可贵。祖父也许没有我那么多的知识，但是他却拥有我从未经历过的生活智慧。让我深知知识在很多时候不代表着智慧。

祖母，耄耋之年依然行动自如，高寿离世，她生活简

代后记：清明忆祖

朴，去过的最大城市是县城。她告诉我人生不易，唯有真诚的信念可以超越今生。祖母在一个夏天辞世，在她离世之前，我不知为何感到一种强烈的召唤，让我从北京远赴乡间，去看望祖母。我和祖母分享了我的故事，希望我们能够拥有超越尘世的永恒。我匆匆而来又匆匆而别，临走时握着祖母枯槁的双手，看着她眼中隐含的泪水。她目送着我的离去。我前脚刚离开，祖母就摔了一跤，神志不清。数日后她离开人世。据说，她说的最后一句话就是对我讲的故事的回应。

外婆，在我祖辈中离世最晚，每次见外婆，她总会给我烧上一大桌子好菜。我最喜欢吃外婆做的鱼肉丸子，鲜美肥嫩。只是奇怪的是，我后来也在很多地方吃过这种丸子，但是再也吃不出外婆家的味道。外婆生养众多子女，陪伴外公历经诸多批斗，不离不弃，心地善良，她让我知道人无论在什么情况下都应守住良善的底线。我很喜欢坐在外婆的脚前和她聊天，听她讲述重复多遍的故事，只是如今我再也没有听她絮叨的机会。

外公，对我影响最大，身为知识分子，他无法逃离时代的命运，在那个荒唐的年代，最艰难的时候他曾经意欲跳井自决，但因为对家人的留恋才让他忍辱负重，不逃避命运赋予他的责任。外公有知识分子的清高与桀骜，培养

303

学生无数。外公病重之时，我去探访，他时醒时睡，非常痛苦，很难说出完整的语言。他知道我来看他，试图用眼神和我交流。我和外公单独聊了很久，希望他能听到我的心声。当我离开医院时，我听到外公用力挤出的声音"你多保重"。外公留给我最宝贵的财富是临终的一纸遗言：

"后辈子孙当自卑视己，切勿狂妄自大。"

我清楚地记得一天凌晨，我突然从睡梦中惊醒，强烈地感觉外公离开了。后来家人告诉我就在那一刻，外公停止了呼吸。多年后的一天，我在外公故居休息，深夜，我在梦中清晰地看到了外公的身影，他向我走来，当我努力地触摸外公的双手时，他却突然离开。

人在哭泣中来到世界，最终也要在痛苦中离开，在世上的大部分时间我们都无法彻底远离痛苦。

古老的智慧告诉我们："人生在世必遇患难，如同火星飞腾。"

奥古斯丁说："过去已经不在，将来尚未来到"。

《功夫熊猫》以相似的台词向奥氏致敬——昨天已是历史，明天还是未知，但今天是一个礼物，所以今天才叫"present"。

斯人远去，岁月如梭，人生如尘土飘逝。追忆似水流年，回忆让人伤感但却又有前行的力量。每天都是一个礼物,让我们在回忆与期待中承受每天的苦楚,也感恩每天的幸福。总有一天,我们会来到尘世的终点,成为后人的记忆。

谨以此书纪念我的先祖。

图书在版编目（CIP）数据

刑法罗盘／罗翔著 .—北京：中国法制出版社，2020.9（2023.9 重印）
ISBN 978－7－5216－1260－8

Ⅰ.①刑… Ⅱ.①罗… Ⅲ.①随笔－作品集－中国－当代 Ⅳ.①I267.1

中国版本图书馆 CIP 数据核字（2020）第 166476 号

策划编辑：王熹（wx2015hi@sina.com）
责任编辑：王熹　　　　　　　　　　　　封面设计：周黎明

刑法罗盘
XINGFA LUOPAN

著者／罗翔
插图／翟砚军
经销／新华书店
印刷／三河市紫恒印装有限公司

开本／880 毫米×1230 毫米　32 开　　　印张／10　字数／133 千
版次／2020 年 9 月第 1 版　　　　　　　2023 年 9 月第 17 次印刷

中国法制出版社出版
书号 ISBN 978－7－5216－1260－8　　　　定价：49.00 元

北京西单横二条 2 号　邮政编码 100031　　传真：010－66031119
网址：http://www.zgfzs.com　　　　　编辑部电话：010－66010493
市场营销部电话：010－66033393　　　　邮购部电话：010－66033288

（如有印装质量问题，请与本社印务部联系调换。电话：010－66032926）